最惡拍檔

人物設定

白優聿

年齡：23歲

慵懶，喜歡裝死，凡是和引渡人任務扯上關係的事情都不喜歡理會，遇上在乎的人或事，他會變得積極勇敢。三年前在任務中受到重創，身體的左邊部位有被火燒傷的疤痕，平時可以隱隱看到左邊頸項和肩膀位置的火傷疤痕，所以喜歡穿有領子的衣服遮掩傷痕。

封印：聖示之痕，圖形為兩個十字架，在引渡人歷史上代表著至上聖潔的古老符號，封印出現在左邊脖子。

最惡拍檔

人物設定

望月蓮司（望月）

年齡：18歲

個性冷酷嚴謹，驕傲孤僻，面癱男，長得很瘦，比白優聿矮，所以經常被白優聿嘲笑是小弟弟。

封印：冥銀之蝶，圖形為蝴蝶印記，出現在右手的手背。

三日月

三日月

01
最惡拍檔
伯爵的邀請
秋十 著
流翼 繪

最惡拍檔
目錄

楔子　一切的開始

辦公室內，一片凝重的氣氛。

三位穿著筆挺西裝的主管級人物坐在長形的辦公桌前，翻閱著桌面上一份厚達三寸的資料夾。

坐在三位主管面前的是一個男人。男人穿著簡單的休閒服，雙眼下有一層淡淡的黑影，不時打著呵欠，看起來和這嚴肅凝重的辦公室氣氛格格不入。

最惹人不快的是，他蹺起二郎腿，不住晃著，讓腳趾上夾著的平底拖鞋發出達達達的聲音。

三位主管一致抬首看著他，臉上的表情寫了兩個字——嚴肅。接收到三人眼神的男人，只好勉為其難放下腿，保持肅靜。

「搏擊能力？」居中的主管問著身旁的兩位。

「30分。不及格。」

「情報收集能力？」

「25分。不及格。」

「醫療能力？」

「18分。不及格。」

「……靈力指數？」

「50分。勉強接近及格邊緣。」

問話的主管推了推鼻梁上的眼鏡，以專業的口吻對眼前的男人說著。「很抱歉，白先生。

經過我們專業的評估之後，發現你真的不適合擔任『引渡人』一職。」

「所以？」白優聿打個呵欠，看不出他有多大的興趣。

快點說要將他革職吧！他等了三年，就是等他們說這句話。

「經過內部討論，我們決定要給你一個重新出發的機會——」

「機會？」他反應很大的彈起，立刻揮手。「千萬別給我機會！我已經沒有希望了，你們就把機會留給那些前途不可限量的偉大『引渡人』夥伴吧！」

笑話！能夠不必再過著那種危險的日子，他簡直求之不得。

「我們決定把你從革職名單上剔除——」

啪！白優聿立刻撲了上去，趴在辦公桌上，把三位主管嚇得瞠目。他咬牙切齒的表情極快轉換成了天底下最楚楚可憐的表情。

「求求你們，請各位慈悲，收回這次的機會，小的無德無能，你們賜予小的機會，就等於要了小的小命……」

死老頭，你還敢再說「給機會」三個字，我就翻臉！他在心底含怒嘀咕。

居中的主管瞄了一眼其他兩位，得到他們的首肯之後，慢條斯理地從大衣口袋內取出一封信件。

純白色的信件上有一個金色的特殊圖騰。白優聿的表情一僵，這個熟悉的圖騰讓他想到了一個人。

「這是總帥的命令。」主管推了推眼鏡，很高興看到瞬間僵化的他。「當然，給你一個機會，不讓你的名字從引渡人名冊上除去，也是總帥大人的意思。」

他陡地咬牙，一把搶過那封信，用力撕開封口，取出一份讓他傻眼的表格。

入學申請書。

「這個是什麼鬼東西?!」這份「疑似入學申請書」的表格太可疑！

「誠如你所見，這是一份入學申請書。」主管指著表格上端的五個大字，然後揚起惡質的笑意。「總帥大人的意思是，要你再次入讀引渡人學園，再從見習引渡人學起。」

「你、你一定在開玩笑……哈哈哈！」他的笑聲好比哭聲般難聽。

「別難過。繁莎學園是一個充滿美女和熱情的學園，是總帥大人特別為你挑選的學園。另外，在學園當見習生的期間，你的薪水福利還是維持著執牌引渡人的水準。」

不用工作，只須當一個見習生，還可以領不是見習生的薪水？

而且重點是——

繁莎學園。

在道上打滾多年的他也聽聞了這個美女如雲的學園傳說，他不禁瞇起眼睛，瞪著手上那份入學申請書。

這個世上會有那麼好康的事情？莫非邪惡的總帥大人終於大徹大悟，決定拯救他這個小咖？

「那傢伙是認真的？」他不禁懷疑。那個傢伙當然就是總帥大人。

「是。」三位主管很認真地回答。

「如果我不答應？」他瞇起眼睛，就是不想順了那個傢伙的意。

「總帥大人說，後果自負。」很具有威脅性的字眼，讓熟知總帥大人脾性的他冒起冷汗。

嗯，反正他閒著也是閒著，只要不需要工作，當個見習生也不錯。另外，又有美女可以看，何樂而不為呢？

最重要的是，他還不想被可怕的總帥大人玩弄至死。有了這份覺悟，他深深地望了三位主管一眼。

「看在你們那麼有誠意的份上，我勉為其難地答應吧。」

他說得很勉強，眸底卻露出竊喜的光芒。

CH1 白某人的惡夢

引渡人，是一個在人類歷史上有著輝煌記載的存在。

泱泱人世，有著許多不可思議的事情發生。人死之後留魂，當一抹亡魂對人世間仍存著極深的羈絆，亡魂就不會按照天地常規落入輪迴之門，他們多數會停留在念念不忘的人或物身邊，日子一久，忘記輪迴的亡魂將變成惡靈。

一旦成了惡靈，他們將會肆意破壞、為禍人世，甚至在某些時候，因為親人對他們的淡忘而心生怨氣，做出種種傷害且攻擊親人的事情。

消滅並引渡這些墮落的惡靈，就是引渡人的工作。

但，只有被命運選中的人類才有資格擔任引渡人一職。每個引渡人身上都會有一個封印，封印的顏色、圖紋因各人而異，只要身上浮現引渡人封印，此人的力量將會甦醒。

隨著力量的甦醒，擁有引渡人資格的人類將被引進大陸的引渡人培育學園，以一個見習生的身分進行各種訓練，以便成為一個能夠獨當一面的執牌引渡人。

繁莎學園就是其中一個培育引渡人的學園。

沒錯，繁莎學園就是他白優聿要入讀的學園。

但是，為什麼他此刻會站在一間叫做「梵杉」學園的地方？

昇起的旭日在他背後拖曳出一道頎長的影子，白優聿努力揉著眼睛，瞠大、再瞠大、再瞠大、再瞠大——

終於，他確定他沒有老眼昏花。

他正站在一間叫做梵杉學園的門前。

掛在他眼前的那塊古老牌匾寫了二個醒目大字：「梵杉」。

「天、天啊。」他的薄唇蠕動了一下，逸出顫抖的聲音。

繁莎和梵杉，這兩間學園同樣是大陸上培育引渡人的學園，但是卻有著天差地遠的分別。

繁莎是一個天堂，有美女同學、美女老師，甚至連清潔工都是美麗的大嬸，是所有男人幻想、夢想的天堂。

但是，梵杉是一個地獄。校規出奇嚴格不在話下，讓他大受打擊的是——

梵杉學園的男女比例是二十對一！二十位學生中，只有一個是女生。

更重要的是，能夠入讀這種超級嚴格學園的女生都屬於戰鬥類型的女生，比男生更有氣魄、更加強勢，一點都比不上繁莎的溫柔女神們！

簡單來說，這裡的女生也被同化了，空有著女性外表，實則和男人沒兩樣！

他、他來到了一個純陽剛氣息的學園啊！

「我的魔法噴霧髮膠、我的帥氣照美鏡、我的超炫裝束……」這些他帶來的，足以秒殺任何女生的物品，竟然全無用武之地？

他的美女們不見了！美美的幻想像泡沫一樣破滅了！

「這一定是總帥的惡作劇！」他摸著下巴，陷入焦慮，不停地踱步。

他就知道天下沒有如此好康的事情。

總帥大人故意製造假象，讓他以為自己報讀的是美女如雲的繁莎學園，卻在暗地裡將他推入萬劫不復的地獄——梵杉學園！

太卑鄙了！他絕對不會屈服於那人的淫威之下。

「不行，真的不行！不可以留下來！」他連打三個寒顫，一想到要和一堆男人做伴，他就無法忍受。

他要革命！他要退學！

一咬牙，白優聿急著轉身，以火燒屁股的速度逃亡去。

一轉身，他的後領就被揪過，驚慌回首之下，他看到了一團肥肉。

「同學，上課鐘聲響了，你想去哪裡？」

「嗯，這位大人——哎喲！」

頭頂被木刀敲了一記，他立刻抱頭唉呼，對方冷冷吩咐。「叫我訓導主任。」

「訓、訓導主任。」訓你的死人頭，疼死我了。

「咦？」粗魯的大手掐過他的下顎，肥大的訓導主任用著米粒般大小的眼睛打量他。「長得挺皮光肉滑的。你是新生？」

「呵，不是，我是走錯路的路人甲……」說不完，他的衣襟就被揪起，嚇得他連忙噤聲。

「這是我們梵杉學園的徽章，錯不了。」訓導主任指著他襟口上別著的徽章，不理會他的大聲澄清，一把拖過他。「我帶你去見理事長。」

個頭長得不算矮小的白優聿掙扎不了，只能像一隻布娃娃般被拖著前行。他沿途打量著這所同樣聞名遐邇的引渡人培育學園，心底暗自咒罵。

風景很美，建築物很宏偉，就連吹來的風也是柔和清爽的。

但這又怎麼樣？他根本不想進來這裡。

但是訓導主任沒有理會他的意願，直接用拖的方式帶著他進入一幢灰色的建築物內，來到二樓的一間辦公室前。

「到了。」敲了門之後，訓導主任直接將他扔進去，像是隨手丟垃圾。「理事長，新生來報到了。」

門啪的一聲關上，白優聿捂住摔疼的腰骨，心中不斷咒罵對方，直到一道溫柔的聲音在他頭頂上方響起。

「同學，你還好嗎？」

「你說呢？我快被你家的訓導主任——」

他抬首，瞬間石化。眼前的人有一雙水眸、高挺的鼻子、亮麗的粉唇。眸光繼續往下移，他看到了對方迷人的頸項、玲瓏的身材，還有一雙細長、踩著高跟鞋的美腿。

說話的人竟然是一個美女。

梵杉學園竟然有美女?!

叮叮叮！專用來探測美女的雙眼立刻閃滿兩顆愛心，他呆愣地看著眼前的長腿美女，直到對方微笑伸手。

「起來吧。」哇，溫柔悅耳的聲音啊！

他立刻拉過她的手，假裝摔得不輕的唉呼出聲，果然換來美人姐姐的關切眼神。

「白同學，需要我送你去醫療室嗎？」

「不需要。只要這麼瞧著妳，我就覺得舒服多了。」

包裹在紫色套裝下的身材火辣，膝蓋以上的短裙完美勾勒出她的翹臀，最讓他忍不住輕嘆的是，她的笑容好甜美，甜得讓他的心快融化了。

「白同學，歡迎你來到梵杉學園，我是梵杉學園的理事長，修蕾。」

對方說著，他登時打跌，好不容易站穩，這才發現對方胸口上同樣別了徽章，只不過身為學生的他，徽章的顏色是灰色，眼前自稱是學園理事長的她則是金色。

學園內，唯有理事長才能夠配有金色的學園徽章。

「理事長小姐，妳好。」他的玩鬧收斂幾分。

「總帥大人向我提過了你的事情。」修蕾坐下來，示意他跟著坐下。「為了幫助你，我會特別安排你的見習生訓練課程。」

不需要吧？他只不過是來混日子，順便看美女……

咦，理事長小姐可以成為他的目標喔……極惡的把妹計劃在他心底成形。

「另外，我會安排你入住學園的宿舍。當然這是為了讓你更加容易配合我校的訓練課程。」修蕾說著，他完全沒聽，依舊處於神遊狀態。

首先，他要好好讓她見識自己的魅力，然後製造二人獨處的機會。接下來，他會慢慢地攻略她的心。

到時候，理事長小姐就會拜倒在他的褲管下。哈哈……他的學園生涯也不再寂寞……

「呵。」他歹笑著，查覺修蕾以不悅的眼神看著他，他立刻正襟危坐。「是，理事長小姐。」

「你現在是我的學生，請稱呼我為理事長。」修蕾斂去笑容，變得意外的嚴肅。「對於我剛才提及的建議，你認為如何？」

她剛才提的建議是什麼？真糟糕，他顧著幻想美好的未來，竟然沒留心去聽。

不過，親親理事長一定是說了一些絕對為他著想的建議，所以他很信任地頷首。「我覺得很好。」

「那好。就這麼決定吧。」修蕾終於重展笑顏，看得他又神魂顛倒。

太好了！以後可以天天的看著美麗如女神的理事長大人，讓白優聿很快草率地下決定

——為了美女理事長，他不會退學。

「望月，你進來。」理事長揚聲吩咐，守候在門外的人登時走入。

白優聿好奇地回首，看到了一個頂著一頭短薄金髮的少年。

少年俊美無儔的容顏上有一張緊抿的薄唇，白優聿瞧得一怔，對方擁有一對深邃的藍眸。

金髮少年和「臻」一樣，都擁有美麗的藍眸。這是他第一個感覺。

雖然臻是女的，對方是男的，但難得的是，他們都擁有同樣清澈美麗的藍眸，一如湛藍無雲的晴空。給人安心、寧靜的感覺。

只不過臻現在已經不在他身邊了……

才這麼想，少年瞄向他的眼神帶著某種冷肅的氣息。他頓時打個寒顫。那是充滿不屑的鄙夷，他在少年身上找不到一絲的友善，嘖嘖，虧他還把對方和好人臻一起相提並論。

「望月，這是白優聿同學。從今天開始，他是你的搭檔。」

理事長的宣布不僅讓望月瞠目，更讓白優聿驚訝站起。「什麼搭檔？」

他報讀的是一年班，只有三年班或以上的班級才需要搭檔，以便執行總部派下來的簡單任務、作為實踐學習的一部分。

「雖然你是一年班，但你的實質經驗不下於師長。剛好望月的拍檔畢業了，所以我決定由你來擔任望月的拍檔兼諮詢師。」

「我不要！」他就是討厭搭檔這門遊戲才打算不幹引渡人這一行。

「這是我剛才的建議，你也答應了我，不是嗎？」修蕾笑得無害又親切。

「我沒有留心聽……」哇塞，美女理事長妳是在坑我就對了！

「那不足以當作拒絕的理由喔。」修蕾含笑搖頭。

「總之我不要！」白優聿激動拒絕。

「白同學，曾經入讀學園的你應該很清楚，在學園內理事長的命令就好比總帥的命令，不容違抗。」修蕾聲音一沉，四周的氣壓驟降，他不禁嚥了嚥口水。

「請修蕾大人放心。我會好好『勸服』白同學。」望月握緊拳頭，發出格格聲響，他又是一驚。

望月等於暴力男?白優聿嚥嚥口水，一副「這次被惡整了」的表情。

「太好了!我就知道望月是最可靠的學生。」修蕾重現笑容，氣氛變得輕鬆多了。「那麼……白同學，今晚的任務就請你好好看顧望月吧。」

「喂，女人——」

話說不完，他就被望月直接揪過後領，拖了出去。一出理事長辦公室，他就被對方推壓上牆壁，衣領被揪起。

殺氣呀，嗚嗚……白優聿極力擠出一抹諂媚的笑容。

「請問望月同學，你想——」

「我告訴你，今晚就給我乖乖聽話。我可不想讓修蕾大人難過。」俊美的容顏貼近，但是對方的表情是猙獰的。「記住了，白優聿。」

他嚥著口水，極快點頭。對方冷哼一聲，這才鬆開手勁。

「記住，別對修蕾大人露出那種猥褻的眼神。不然，我會挖了你的眼睛。」

望月說話向來喜歡有話直說，撂下了警告。

「還有，你別對修蕾大人有非分之想，我不會放過任何一個想打她壞主意的人。」

說完之後，望月大步離開，剩下他呆愣佇立。

慢著！望月……喜歡理事長大人？所以把他當成是情敵了？這真的棘手。但是更棘手的是，今晚的任務。

如果可以，他這輩子都不想和任何人搭檔。

「喂，姓白的，你還不跟上來？」望月陡地止步，朝他冷喝。

「我跟上去——」作啥啊？

此話同樣說不完，他就被對方粗魯扯過衣襟，拖著前行。

唉，看來，他白優聿今天真是夠倒楣了。

望月，梵杉學園三年級生。

在云云見習生之中，他的成績是數一數二的頂尖，聽說總部甚至考慮讓他提前完成引渡人的課程，成為一位執牌的引渡人。

像他這種優秀的未來引渡人，為什麼要和他這個和「廢柴」二字掛鉤的人搭檔？

「望月，為什麼理事長要找我和你搭檔？」

夜晚，涼風習習，白優聿隨著面癱男望月來到郊外的一座荒廢教堂前。

話說回頭，他剛才並不想和望月小子出門，但是前腳才要逃出校門，身後那隻魔手直接揪過他的後領，拖著他一路走來這裡。

「喂，望月——」

咻一聲，殺意騰騰的眼神掃視過來，白優聿高舉雙手，顯示自身並無惡意。

「安靜一點，讓我完成任務再說。」望月從開始到現在都沒有對他有好臉色。

「你……好像對我有偏見？」

「噓！」

白優聿被他嚴肅的表情嚇得無言，只好乖乖的跟上他的腳步。

望月這才轉身，鬆手讓身後的討厭鬼自己走。

這個白優聿實在是讓人憎厭！在理事長室看到他的第一眼開始，望月就覺得他壓根兒不配入讀梵杉，更不值得修蕾大人如此看重。

他根本一點都不想和這種半調子搭檔，但這是修蕾大人的命令，他向來不違抗修蕾大人的意思。

「待會兒你給我閃邊去，最好別給我惹麻煩。」這個姓白的最好別拖累他。

「噢。」白優聿抿了抿唇，低喃著：「我也不想跟著來的嘛。」

夜風颯颯，但是當望月推開教堂大門，四周的氣壓驟降，狂風猛地捲起，白優聿舉臂擋住面門，瞇眼看向裡頭。

裡面有一股力量阻擋著他們的前進。

「見習引渡人，望月。」望月沉聲道出身分，裡面颳起的狂風陡止，他凝神注意四方，等著裡面的惡靈現身。

今晚的任務是消滅並引渡荒廢教堂中的惡靈。任務等級屬於二等級。

總部分派的任務有幾個等級：一等級屬於最簡單的任務，二等級和三等級屬於中等難度的任務，四等級以上的任務只有執牌引渡人才可以執行。

所以對望月來說，這次的任務絕對是小 case。當然，大前提是，某個人不要擋在他面前礙手礙腳就好。

望月凝神注意，一抹身影掠過，他登時眼前一亮，口中喃著咒言，低喝一聲。「解印！」

右手背浮現一個蝴蝶圖騰，隨著圖騰的出現，他的腳下浮現一個光圈，翩翩蝴蝶從他腳下的光圈飛出，圍繞著望月，蝴蝶擁有銀灰色的羽翼，揮動的羽翼看起來像是銀河的星點。

「冥銀之蝶，請給光明者指引的方向。」簡單的咒言逸出，那是啟動封印的咒言。

被喚作冥銀之蝶的蝴蝶紛紛朝四周飛去。

白優聿瞇眼看著金髮少年，凡是引渡人都有屬於自己的「封印」，只不過封印的屬性和力量因人而異，力量覺醒的時機也因人而異，所以在學園內一年級的學生會出現十來歲到四十來歲的年齡，學生們入學的第一堂課就是要學習如何啟動自己身上的封印。

每個人啟動封印的方法有所不同，不過大多數是採用「有言則靈」的方法。所謂「有言則靈」——就是通過言語來喚醒並解開平日沉睡的封印，通常咒言越短，就代表封印的力量越大。

白優聿看過必須以二十秒來念出咒言的引渡人，也看過好像望月一樣，前後不到三秒就啟動封印的傢伙。不過眼前的望月是第一個年紀最輕的例子，對方有著一個強大的封印。

看來，這種二等級的任務很快就可以結束。

「找到了。」銀灰色蝴蝶往右邊靠攏，現出了一個長髮女人的身影。

望月手指一揮，圍繞著長髮女人的蝴蝶轉移方向，纏上了女人的四肢，押著對方下來。

「教堂的惡靈，我奉了總部的命令，前來引渡妳。」

長髮女人匍匐在地，黑色的身影不住顫抖。這種屬於二等級的惡靈，通常沒有強大的殺傷力，只有微弱的破壞力量。

「我不要離開……不要離開……」女人抱著頭，不斷地呢喃。

「妳必須離開。」消滅惡靈是他們引渡人的工作。所謂消滅，就是要在惡靈尚未升級變得更具有殺傷力之前，將他們引渡至輪迴之門。

「不！我不要！我求求你！」女人抬首，灰色的臉孔已經扭曲變形。

望月沒有理會她的哀號，念著咒言，蝶翼上泛起銀色光芒，等到光芒散盡，身為惡靈的女人將被引渡至輪迴之門。女人嘶聲叫喊，淒厲的聲音響徹雲霄，教堂的大門被狂風吹得不斷開闔，只要將惡靈消滅、引渡，這間鬧鬼的荒廢教堂將恢復平靜。

猛地，女人的尖銳嘶吼變成了憤怒的咆哮，望月一驚，包圍著女人的冥銀之蝶陡地四散飛去，女人化作一團黑色輕煙消失於眼前。

咻——幾枝黑色的短箭射向望月，望月敏銳地躍起，眸光不斷搜尋對方的身影。

「急速變化？」白優聿低呼一聲。

這是惡靈升級的跡象！

驀地，身後傳來嗤的一聲，望月敏捷閃開。但是短箭激射過去的方向正是白優聿所在之處，姓白的某人目瞪口呆、根本不懂得閃避——

「白優聿！」他大叫著，閃身上前撲向對方。

白優聿被他抱著滾去一旁，短箭從二人頭頂射過去，直沒入牆壁內。

「你連閃避也不懂嗎？」望月怒瞪著他。

「我……」

「你給我閃邊去！」望月不想為了保護一個廢柴而讓任務失敗。

白優聿看著對方的背影，不禁想起三年前的遭遇，握緊拳頭，白優聿極力忍下心底的顫慄惶恐。前方傳來吆喝聲，他看到望月吃力的表情，這個二等級的惡靈似乎不再容易對付，因為惡靈即將升級了。

果然……下一秒，爆炸聲響起，望月退至白優聿身邊，蹙眉看著發出爆炸聲的源頭。煙硝下，剛才瞬間消失的女人出現了，此刻她正匍匐在地，身軀不斷抽搐。

「喂，望月，情況好像不對勁……」白優聿嚥下口水。

本來還擁有人類軀體的女人突然發出一聲尖叫，背部的肌肉驀地裂開，六隻腳分別從她背部兩側迸出，看得白優聿連話也說不完了。女人抬起頭，血紅色的瞳眸盯著他和望月，倏然猙獰大吼——

「要我離開的人，都必須死！我是詛咒惡靈，我詛咒你——」

詛咒惡靈？白優聿一驚。詛咒惡靈可是屬於四級惡靈的其中一種，是殺傷力超強的惡靈！這個二級惡靈竟然一下子就躍升成為四級惡靈！

死亡的氣息開始在空氣中漫開。白優聿一驚，不禁大喊。「望月，小心！」

長髮惡靈散布的詛咒變成了蜘蛛網，困住望月的冥銀之蝶。望月咬牙，想要召喚更強大的封印力量已經來不及了，蜘蛛網在他頭上壓下，鋪天蓋地、毫無死角地包圍他。

陡地，一股衝力打橫撞來，將呆愣的望月撞出教堂門外，臨危救下望月的白優聿被落下的蜘蛛網掩蓋，頓時倒地。以詛咒為元素的蜘蛛網包裹了他。白優聿吃力地抬頭，全身開始緩緩麻痺，心想……這下慘了。

「白優聿！」望月大驚。

「哈哈哈，死吧，凡是要我離開的人都得死！這是我最強大的詛咒，叫做『鬼之縛』，你的同伴立刻就要被我同化了！」詛咒惡靈狂妄大笑。

望月驚愕地看著白優聿身上的蜘蛛網泛著幽幽綠光，像是支配了他的行動力，綠光閃爍的同時，倒在地上的白優聿緩緩站起，一搖一晃地朝他走來。

「小心可別讓他咬上你，不然你的力量會被他吸吮，直至你變成一具乾屍為止。」詛咒惡靈陰惻惻地說出讓望月震驚的話。「不過，只要你殺了他，我的詛咒就會失效。要自保就殺了你的搭檔！引渡人！」

望月瞠目，隨即咬牙。搖晃著上前的白優聿吃力地開口。

「望月快走……」白優聿使盡全身的力氣阻止雙腿的邁進，但不聽使喚的雙腿還是往前。

望月看著掙扎的白優聿，咬牙握拳。阻止白優聿的方法就是殺掉對方？開什麼玩笑?!他望月會是這種輕易受到惡靈擺布的人嗎？

「哼！你給我老實站著別動，只要解決了惡靈，你就不會死。」望月瞪對方一眼，也不管白優聿有沒有聽懂，他開始行動了。

手一揮，冥銀之蝶纏繞上詛咒惡靈的身體，詛咒惡靈哈哈大笑，長髮瞬間化為尖銳的短箭，把所有的冥銀之蝶擊落。

「該死——喝！」糟了！望月倒抽一口氣，全身無法動彈，被白優聿一把抱過，竟然無法掙脫。

那雙幽深的黑眸閃著掙扎，充滿理性的掙扎。但很快的，掙扎逸去，白優聿低聲喚喃著：

「美味的食物。」

詛咒的力量已經蒙蔽了他的雙眼，也蒙蔽了他的理智，在白優聿面前，望月只不過是一個美味的食物！

「白優聿，你膽敢碰我就死定……」話說未完，白優聿的額頭已經抵住望月的額頭。

啊！啊！啊——白爛人靠那麼近是想死嗎？

「死人白優聿——」望月逸出荒腔走板的呼喝，白優聿卻懶懶一笑，側過臉磨蹭著他的右頰，像隻黏人的貓咪。

「好像……很好吃……」

「白優聿！你給我死遠去——」該死的、該死的白優聿竟然這樣對他！噁心死了！

望月又急又氣，奮力掙開。

白優聿的力氣陡地增長，望月霎時無法掙脫對方的懷抱，一股極度的憤怒爆開，他弓起膝蓋往對方下腹頂去。

「別走啊！」白優聿哀求著，以自身的重量壓向望月，將望月逼去牆角。

「食物，你很美味。」他很認真地打量金髮少年。

望月咬牙，就要使出封印的力量制伏白優聿。但是利用封印的力量來對付一個人類，他不禁猶豫，隨即大喊。「食物你的頭！我是望月，你的拍檔——」

白優聿沒讓他說完，張口一咬。

「啊！」一聲痛呼，他的耳垂登時沁出鮮血。

「豬耳朵……好吃……」

「豬？白死人你——」

白優聿完全不理會望月的大吼大叫，張了張嘴，對準望月的脖子用力咬下——

「啊——」一塊皮肉被白優聿扯了下來，白優聿很享受地舔著少年傷口上的鮮血。

但，就在鮮血流進嘴裡的時候，白優聿抽搐了下，下一秒，他好像被某股力量擊得退開了兩步，抱住頭一臉痛苦地吼叫。

望月瞠目，看著黑髮男子的左眼瞳陡然變色……墨綠色，白優聿右眼瞳還是保持原有的黑色，但左眼瞳卻變成了墨綠色！

一黑一綠，詭異十分，望月一臉愕然的看著眼前同伴的變化，此時詛咒惡靈卻憤怒叫囂起來。

「不許停下！快上，吸乾他的血！殺了他！」

詛咒惡靈是在命令著白優聿，白優聿全身一震，儘管痛苦到了極點，還是邁開了步子，緩步的走向金髮的男子。

望月握緊雙拳，冥銀之蝶盡數包圍在白優聿身後，等待主人的命令進行攻擊。但是……他的冥銀之蝶無法對一個人類下手。

「殺了你的拍檔！狠不下心的話，你就死在他的手下吧！」詛咒惡靈哈哈大笑。

「血，很美味。」白優聿舔了舔唇瓣，再次往他的頸窩咬去。

「白爛人！你給我停下！」

「我要喝豬的血……」

死人白優聿，竟然把他當成豬……他發誓日後一定會把白死人打成一個大豬頭！一股燙傷般的痛楚漫開，望月痛得低吼，血珠從灼傷的皮肉沁出，極快變成一道可怕的傷口。

「別停下來！殺了他！」詛咒惡靈再次命令白優聿。

白優聿咧嘴笑著，大手掐緊望月的脖子，張開嘴巴湊前——

望月瞠目，眼球幾乎突出，死命要往後挪開。但是白優聿沒讓他有機會閃開。

來不及了！不能再猶豫了！望月立即喊出咒言——

「十字聖痕——哇啊！」

白優聿的唇瓣已經覆上他的脖子，脖子立刻濺灑出更多的鮮血——濕漉漉的鮮血灌入黑髮男子嘴裡，一股急湧而上的力量毫無預警地迸現。

「啊——」一聲痛苦嘶吼聲傳出，白優聿突然後退，痛苦難當地按住頸部。

望月捂住頸部的傷口，無力地滑落在地，張大口抖出虛弱的聲音。「你死人……死人……白……」

「啊——」白優聿突然跪地，痛嚎出聲，他左邊的脖子陡然浮現一個繁複的圖騰，出現在他左邊的脖子上的是兩個十字架。

讓人吃驚的是，這是在引渡人歷史中代表著至上聖潔的符號——十字聖痕，難道這是白優聿身為引渡人的封印?!

望月驚駭地看著前方產生的變化，教堂的木板地面突然變得晶亮無比，像是玻璃鏡面似的泛著淡淡光澤，無數的咒言浮現在鏡面上。

「咒……言？」望月呆了。

詛咒惡靈也是愣了，倏地，幻化為鐵鏈的古老咒言纏上她的身軀，勁風颳起，一股力量拉扯著急著要掙脫鐵鏈枷鎖的惡靈，詛咒惡靈驚駭尖叫的同時，一扇純白色的中古式大門憑空出現，古老的大門刻滿繁複的圖騰和咒言，隨著一道沉重的鐘聲響起，大門緩緩往兩旁開啟，裡面盡是一片黑暗混沌。

惶恐的詛咒惡靈使盡全力掙扎，身上纏著的鐵鏈很快被拉扯入大門背後的黑暗混沌，一吋一吋地將惡靈往門的另一個方向拖去，伴隨著她驚恐的呼叫，惡靈在下一秒消失入門的另一方，古老大門也在同時化作點點銀光，消失在空中。

望月看著這一場名為「引渡惡靈」的戲碼，驚訝的是白優聿的能力，詛咒惡靈竟然在毫無反抗的情況下被送入輪迴之門？

「四級的詛咒惡靈……」白優聿卻在此時低喃一句，咚的一聲往後仰倒。

纏在他身上的蜘蛛絲化為幽幽綠光，飄散於空中，出現在他頸部的十字圖騰逐漸隱去。

望月看向昏迷的白優聿，顫抖的手捂上自己的傷口，破碎顫抖的聲音逸出。「該死，你竟然比我……更早昏迷？」

白優聿，你這個天殺的混蛋！這是他在昏迷前最後一個想法。

CH2 拍檔與任務

他咬了……望月。

白優聿坐在醫療室的走廊上，呆呆地看著窗外的夕陽。

兩天前，他入讀梵杉學園，夕陽西下的時分隨著望月去消滅惡靈。兩天後，他坐在梵杉學園的理事長辦公室外，想著兩天前夕陽西下時候發生的「名節不保」事件。

那天晚上，他的記憶模糊。記得最清楚的竟然是——自己一口咬上望月的脖子，扯下一塊肉的同時還吸著對方的鮮血。

雖然他當時中了鬼之縛的詛咒，意識受到操控，但是一想到自己竟然咬了一個臭臉的——

「啊！我的天！我要死了！」白優聿立刻喊停，捂住自己的嘴巴再捂上自己的眼睛。

他的唇是美眉們專用，而他的性感薄唇竟然與臭臉產生了接觸……別想，只要當作什麼事情也沒有發生，那就ＯＫ！

「白同學，請進來。」打開門，理事長修蕾喚醒自我催眠的他。

哇！美女好養眼，他暫時放下快要崩潰的心情，揚起最好看的笑容跟著她進去。

一進門，兩道騰騰殺意襲來，白優聿打個寒顫，不由多說，想用眼神把他殺死的只有一人——就是此刻脖子纏著繃帶的望月。

「來，你到望月身邊坐下。」修蕾朝他招手。

「報告，那裡風大，我可不可以——」

「坐、下！」望月扳起手指讓指關節格格作響，只見白優聿立刻識相很乖地坐好。

冷哼一聲，瞄著望月寫滿敵意的眼神，白優聿下意識地擠去一旁，極力要遠離對方，他擔心記恨的望月會撲上來咬他一口。

「首先，我要向你們道歉。」修蕾向二人躬身，讓他們驚訝地看著她，她輕嘆一聲。「因為情報失誤，我們錯估了二級惡靈的升級能力，害你們兩個差點兒丟命。」

望月沒說話，只是眼神更冷了，白優聿則再度小心翼翼的將身子挪後，擔心那個暴力男會突然撲過來掐死他。

「我剛才看了校醫給我的報告。」修蕾的語氣凝重，擔憂起來。

那天在荒廢教堂，白優聿為了救望月，身中四級惡靈的詛咒。雖然之後詛咒惡靈被消滅了，但是事情似乎還沒有解決，至少她手上的那份醫療報告就證實了她的擔憂有理。

「這份報告對白同學來說，可能是好事，也可能是壞事。」修蕾的話增添了二人的疑惑。

「白同學，你還記得當晚發生的事情嗎？」

「這……」白優聿全身一震，瞄了一眼同樣表情變得僵硬的望月。「不是很記得。」

他記得最清楚的就是……咬人？

白優聿忙不迭嚥下口水。「不記得了、不記得。」

「看來，在你封印解開的時候，你是失去自主意識的。」修蕾雙手交握，支著下顎留意他的表情。

封印解開？白優聿一驚，下意識摸向自己的脖子，以前這裡是有一個封印。但是三年前，他的封印隨著「臻」的消失而消失了。

「妳這話是什麼意思？」他的聲音略沉。

「根據報告，你身中惡靈的詛咒『鬼之縛』之後，開始攻擊望月。然後在你的唇瓣吻上望月的身體——」

「修蕾大人。」望月忍住火氣，深吸一口氣。「他是咬，不是吻。」

「好。」修蕾揚起迷人的笑容，興味十足地看著一臉厭惡的望月還有裝傻的白優聿。「就在白優聿吻上你身體兼嗞下你鮮血的那一刻……」

白優聿和望月無力嘆息，她肯定是故意的。

「白同學意外的開啟了自己的封印。」

「意外的開啟？」望月好奇地看著對方。姓白的不是已經力量甦醒了嗎？

「對……絕對是意外。這兩天來，我派校醫為白同學進行身體檢查，結果我發現了一件值得高興的事情。」修蕾說著。

白優聿看著她興味盎然的眼神，懷疑那件事根本不值得高興。

「你失去的封印似乎會在外來刺激之下恢復。」修蕾湊上前，凝視白優聿。「也就是說，在你承受外來刺激的情況下，你的引渡人力量會恢復。」

白優聿一驚，插在褲袋的拳頭收緊。但很快他爆出一聲哈哈。「理事長，妳的笑話很有趣！」

「我沒有心情說笑。」修蕾的笑容立斂，四周的氣壓又驟降，讓黑髮男子的哈哈笑聲到了一半，再也笑不出來。

「校醫在你昏迷的時候做了測試，他拿了許多不同的刺激嘗試激發你的力量。但是明顯的無效，只有當你接受了某種特質的刺激，測試才顯示成功。」

「理事長，麻煩妳用白話文解釋一遍。」

「也就是說，校醫拿了不同動物的血液灌入你嘴裡，比如豬的、雞的、魚的等等其他生物的血液。」說到這裡，某人捂住自己的嘴巴發出作嘔的聲音，修蕾無視那些噪音繼續地說著：「結果發現，只有望月的血液才能夠讓激發你的力量。」

「修蕾大人?!」這下輪到望月激動地站起。

「這是什麼意思？言下之意，我變成了吸血鬼？」白優聿也是激動站起。

「白同學請冷靜，事實並非如此。」修蕾支著下顎，對白優聿露出美麗的笑靨。「你的力量是一把鎖，望月的血液是鎖的鑰匙。只要在有危機的時候，他這把鑰匙可以開啟你的鎖，你體內的力量就會解開。」

「修蕾大人的意思是……」望月驚愕不已。

「解開封印，引渡人多數採用『有言則靈』的方法。」修蕾解釋著，看著神色凝重的二人組。「但，也有少數人是例外的……有些人必須通過『以血解縛』的方法來解開封印，白同學正是屬於後者。」說白一點，就是以血液作為啟動封印的媒介。

「至於為什麼非要用到望月的血不可呢？這一點還在調查和研究當中。」不過她大概猜出是怎麼回事了。修蕾隱去話尾，看著不再作嘔、但臉色煞白的白優聿。「總之測試成功，所以我覺得這是一件值得高興的事。」

高興?!白優聿捂住冒汗額際，他聽到了外星人的笑話。

一吸望月的鮮血，他失去的力量就會恢復?別鬧了!他的力量早在三年前那件事故中失去了。

「你可以不相信，但這是事實。」也許是惡靈的詛咒幫了一個大忙。修蕾暗自想著。

「哼。」望月登時逸出冷哼，對他厭惡到了極點。

「哼!」白優聿同樣重哼，他比對方更想打人。

「因此我有決定了。」她從抽屜取出一個白色信封。白優聿一瞧，就知道這是總部分派下來的任務。「這項任務交給你們這對搭檔。」

白優聿還沒說話，身邊的望月霍地站起。「修蕾大人，我要求撤換拍檔。」

「我贊同。」他忙不迭舉手附和。

「理由呢?」

「我瞧他不順眼!」搭檔二人組很有默契互指對方大叫。

修蕾揮揮手，淡淡說著:「拒絕接受。」

白優聿大受打擊地坐倒沙發，望月則捏緊拳頭，想發火又強忍下來。

修蕾看著表情各異的兩位男生，開口道:「我覺得你們需要彼此的扶持。」

她將白色信封交給望月。「這是四等級的任務。」

白優聿一怔，立刻望向信封。沒錯，封口處印上「Four」這個字樣，代表這是四等級的任務，通常執行這種程度任務的只有執牌引渡人。

「白同學，你需要望月才能夠恢復力量，即使那是暫時的力量，你還是需要望月。」修蕾看著翻閱任務詳細指示的望月再道：「望月，你需要借用白同學的力量才能夠完成任務。」

「可是……」白優聿正要再度抗議，身邊的望月卻有些驚訝地開口。

「修蕾大人，艾特伯爵府？」

「是的，就是你母親的前僱主。」

望月母親的前僱主？白優聿睨他一眼，發現對方冷漠的眸子有些許的情緒波動。不再理會他，白優聿忙著發表意見。「我說好了只當見習引渡人，再說三位主管說過我完全不適合執行任務，如果妳要我──」

修蕾揚起一根青蔥般的玉指，準確地堵上白優聿喋喋不休的那張嘴。

「一個晚上。」她的美眸在兩位男生身上打轉，嘴角勾起魅惑的笑容。「只要誰在此趟任務表現得最出色，我就陪他渡過一個晚上。」

美人相伴……一個晚上？白優聿連忙拭去嘴角不小心滑落的口水。

一旁的望月同樣雙眸發亮，但很快又窘紅著臉蛋。

「好了。你們明早就出發，可以出去了。」修蕾揮手道別，不忘送上鼓勵的笑容。

兩位男生退了出去，一片火藥味登時竄滿整個走廊，二人大眼瞪小眼。

「你別以為我會認同你，我只是不想逆了修蕾大人的意思。」望月冷冷說著。

「你也別以為我很喜歡和你出任務！我只是不想辜負美人的盛情邀請！」白優聿同樣說著。

「帶種的話，你就別在任務途中逃走！」白爛人！

「哈！我逃走？為了得到修蕾美人的認同，我赴湯蹈火在所不辭！」臭小子！

「呵，你這種身手，搞不好會因公殉職！」

「你、你少詛咒我！」

「有嗎？我只是訴說事實！」

白優聿咬咬牙，雙手環抱，心底極快盤算。

他不想恢復力量，也不想出任務，只想把妹度日。但是親親的理事長小姐對他提出了優渥的條件。

或許在出任務的時候，他可以把艱難的事情交給望月去做，他只要在適合的時候出現，然後發揮一下他的耍帥天分，修蕾就會傾倒在他的褲管之下……

呵呵，為了修蕾，他決定豁出去！和臭望月爭到底！

他立刻瞇起眼睛，看向同樣瞇眼的望月。

這個小子是情敵！二人的心裡各懷鬼胎，眼神互相較量。

然後，各自逸出冷哼聲宣戰。

這次任務是為奪取修蕾芳心為起點，開戰吧——

開往迪坎斯城的火車在早上八時三十分準時起程。

車廂內，金髮少年雙手環抱，閉目養神，坐在他對面的黑髮男子打量著窗外緩緩移動的景物，心情納悶到了極點。由梵杉學園所在的米蘭度城前往迪坎斯城只需要兩個小時的車程，如果他們是乘搭高速列車的話，只需要兩個小時，但是，他們偏偏乘搭大陸上最古老，速度好比烏龜的古老火車。

「喂，梵杉學園真的窮到這種地步嗎？坐這種火車需要一整天的時間才會到達，我的屁股豈不扁了！」受不了的白優聿叫著。

望月沒有理會他的嘟囔，自顧自的閉目養神。

「喂，這趟任務是什麼伯爵府對吧？修蕾大人說對方是你母親的前僱主耶，說來聽聽。」

白優聿堅信不放棄是美德。

望月當他是透明人，充耳不聞。

這個臭小子……有需要唾棄他到這種程度嗎？白優聿趁對方閉目養神，立刻在對方面前比出各種不雅手勢。

比了好半晌，他悶了。「算了不問你，這次任務詳細指示單拿來借看一下。」

望月還是閉目養神。

這是什麼態度？「我知道你很不爽，我也很不爽啊，但我好歹也有參與這次的任務，借看一下會死啊？」

金髮少年猶如老僧入定，完全不理會他。

好……他怒極反笑，從自己的包包內取出一支噴霧髮膠，一面小鏡子，一把梳子，然後自顧自地噴髮膠、塑髮型，再拿出大支小支的保養品塗抹。

車廂內充滿各種香氣，攙和成了怪異的味道，望月的眉兒隱隱抽搐，嘴角也開始抽搐。好不容易等到怪異的香氣散去，一道朗讀聲音響起。

「噢，青春竟是如此的憂鬱、又如此的感人。那份期待、那份痴狂，一直滲進我的骨血裡，我呼吸著它，讓它在我血液中奔馳——」

「白優聿！」

捧著一本書朗誦的白優聿高興地看著終於睜眼的望月。「你終於開口了！」

啪！白色信封甩上他的面門，望月再次閉目養神。

白優聿在心底咒罵對方不下百遍，直到滿意了，他才抽出裡面的內容，詳細閱讀，眉頭開始擰緊，目的地是迪坎斯城的伯爵府，委託人是艾特伯爵，任務是調查伯爵府內惡靈作亂的現象。

「惡靈作亂。」他的表情變得凝重。

惡靈的存在是破壞，引渡人的任務就是消滅這些為禍人間的惡靈，這是四等級的任務。說明此趟任務不簡單。

說實在的，他討厭接任務。自從三年前……他甩去腦海的回憶，繼續往下讀，陡地瞠目。

「哇！不會吧？望月！望月！望月——」

緊張帶著興奮的聲音不斷響起，望月終於受不了睜眼怒瞪，發現白某人的雙眼發出詭異的光芒。

「原來艾特伯爵府內有一堆美麗的女僕！女僕耶！情報組的人竟然連這些資料也寫在任務指示裡面，實在太貼心了！」

望月興味索然地看著興奮的他，原來一個成年人也可以如此幼稚。陡地，眼前的景物不住打轉，他連忙閉上眼睛，忍下作嘔的感覺。

「你怎麼半點興趣也沒有？」望月又變成睡美男。

白優聿將任務的內容收好，氣氛又變得沉悶。他再次開口。「喂，很悶啊，不如想一些玩意打發時間吧？」

「別煩我。」

「還有一天的時間才到迪坎斯城，我們——」

「別、吵、我！」

一聲冷喝響起，望月以史上最冷酷的眼神瞪著白優聿。驀地，眼前的景物又打轉，他眼前一花，整個人栽向前。

「喂！」白優聿連忙伸出雙臂扶穩他，還怕他不死的用力搖他。「望月？」

望月沒有回答，頭暈眼花之下他根本無力坐起，只能任由白優聿搖晃。不過他發誓，一旦下了火車他肯定會把這枚爛人揍飛。

頭上傳來悶悶的聲音。

「望月，你該不會是暈火車吧？」白優聿打量著唇色泛白的望月，突然想到了這個問題。

想起來也是，望月從上火車到現在一直緊閉眼睛，就算睜眼瞪人，望月的氣勢都沒有平日的兇狠。

望月沒出聲，他正在努力抑制胃部的翻騰。

「哈，你竟然暈火車！我終於明白了，你不能乘搭高速列車的原因是，你會暈得更加厲害！」

望月無力反駁，胸腹一股翻騰，只能緊緊扯著白優聿的衣襟，發誓一下火車就會把他揍飛再揍飛。

「好，弟弟乖乖，哥哥不取笑你，睡吧睡吧。」白優聿惡作劇地撫著他的頭，惹得他怒火中燒。

「白、優、聿！」忍無可忍了！

「什麼？你今年十八，我今年二十三，你不是弟弟是什麼？」

這種侮辱有誰受得了？望月一鼓作氣，抬首揪過他怒喝：「你找死嗎?!」

「火車開跑了，嗚嗚，你瞧窗外的樹都在倒退，哎喲，我好暈……」

「該死……」真的說暈就暈，望月揪著他的衣領，整個人晃來晃去。

「嘖嘖，我就不信你現在還有力氣揍我。」

白優聿得意洋洋瞅視過去，一副很欠揍的樣子。

陽光從窗外灑進來，這個角度看過去，望月蒼白的面容泛起淡淡的金光。

他仔細打量望月。「嘖嘖，要是收斂一下瞪死人不償命的眼神，你的眼睛應該很好看。

就好像湛藍的晴空，給人舒服的感覺。」白優聿自顧自的說起來。

「你、你玩我嗎？」

「沒有啊。」白優聿眨眼，一臉無辜，實則暗暗好笑。「喏，要是你的唇不抿得死緊，微微往上勾一勾，應該會更好看。哈，尤其是那張唇，透著淡淡的一抹紅，看起來像是快要熟透的櫻桃——」

「找、死、啊？」再一聲怒吼傳出，望月幾乎擰碎他的衣襟。

「幹什麼？好兇喔，哥哥我好心教你如何照顧自己的形象，你要知道，像你這種兇悍冷酷的男生，不是很受女生歡迎的……」白優聿聳肩。

望月眉角抽搐，拳頭握得格格作響，奈何胃部翻江倒海，他費力地抑制嘔吐的衝動，無法好好教訓這個欠揍的傢伙。

「所以我就說嘛，修蕾她怎麼可能會喜歡你這種小男孩呢？」白優聿連連搖頭，吃定暈車的對方無力反駁。

說罷，他迎上殺氣騰騰的望月，玩心大起之下戳了戳對方的臉頰。「來，哥哥教你笑一笑，展示一下男人的陽光迷人笑——」

忍無可忍了，望月瞪著對方，決定給對方一個教訓。

白優聿的笑容不禁僵住，看著極力摀著嘴巴的望月，他有一股不祥的預感，連忙開口。

「喂！你別往我身上——」

「嘔——」

腐酸氣味一股腦兒湧上，攙和了液體和一些未消化的麵包從望月嘴裡噴出，華麗地濺灑在白優聿的白色襯衫上，染成讓人聞之欲吐的汙穢顏色……

「呼……舒服多了。」望月拭去嘴角的殘渣，脫力地仰靠回自己的位子。

白優聿呈大字形地癱坐在自己位子上，俊臉轉綠，他低首看了一眼自己最喜歡的白色襯衫，陡地崩潰大叫。「啊——望月你這個天殺的——」

望月摀著耳朵，自動過濾那些粗言穢語，嘴角微微揚起，該死的白優聿，你這叫自作自受。

CH3
伯爵府的謎

經歷了折騰的火車旅程之後，次日一早，二人終於抵達迪坎斯城。

艾特伯爵的府邸座落在半山區，豪華又寬闊的大宅顯示他的地位和超凡的身家。

伯爵府裡面，又是豪華得讓人大開眼界。

水晶吊燈傳來耀眼光芒，石牆上掛著綴錦和牆幔，拱窗是嵌花玻璃，右側的牆壁上有一個木架子，上頭放滿了獎狀、徽章和獎牌。

「英勇徽章、全國馬術冠軍、『帛蘭多』杯榮譽一等獎……」白優聿吹一下口哨，指著木架子。「那個艾特伯爵不是一般的厲害唷。」

望月板起臉孔，一把揪過白某人的後領，阻止他繼續到處亂晃。

「兩位客人請用茶。伯爵很快就來。」管家端過兩杯紅茶，還特別向望月微笑。

望月微頷首，算是回禮。白優聿瞧得分明，不過他知道就算問了，望月還是不會回答。

算了，他自顧自的喝茶，打量著四周，發現石牆的角落有一個奇怪印記，一個星星印記。

白優聿好奇上前，手指輕輕碰觸，發現這個印記是被刻上去的。

「請問這個印記是什麼？」

管家正要回答，一把沉穩的聲音響起。

「這是我祖先傳下來鎮壓惡靈的圖騰。」

「艾特伯爵。」管家躬身。

白優聿立即轉身，打量著眼前風度翩翩的伯爵。男人比他們想像中來得年輕，大約四十歲出頭，鼻梁架著一副金框眼鏡，看起來就是一個紳士。

「你們好，我是艾特。」男人友善地伸出手。

「望月，梵杉學園的見習引渡人。」望月只是淡淡地說著，並不伸出手。

「咦？」艾特伯爵一驚，打量著望月的面容。「你、你是貴子的兒子？」

提到這個名字的時候，望月的眸光似乎黯了一下，但很快回答。「是的，伯爵先生。」

「想不到時間過得這麼快，貴子她也走了……唉，已經八年了。」

望月登時不語，臉色冷得有些嚇人，在旁的白優聿連忙開口打圓場。

「我是白優聿。很榮幸能夠與你見面，艾特伯爵。」白優聿熱情地握著對方的手，還怪罪似的瞪望月一眼。

艾特伯爵微頷首。「我也很榮幸能夠邀請到二位。」

「艾特伯爵，我想知道貴府上的惡靈作亂事件。」望月不再客套，對這個男人，他似乎有著極度的不悅。

艾特深吸一口氣。「詳細的情形，我還是請管家代述，卡管家。」

「是。」管家點頭，代替主人陳述：「第一次的事件發生在兩個月前的晚上。伯爵府中的女僕梅亞負責打點宵夜，路經花園的時候，看到了另一位女僕潔西倒在地上……混身是血。」

望月挑眉。「血？」

「是的。」卡管家吸了一口氣才接下去。「梅亞看到有一個黑影將潔西按倒在地吸吮著……她的血。」

「後來呢？」

在旁的白優聿興味索然地聽著卡管家詳細描述，惡靈殺害人類的事件，他聽說過、也見識過多遍，所以他的眸光開始四處搜尋，最後落在門外的女僕身上。

美美女僕端著小點心進來，他的雙眸登時換上閃亮的愛心，湊前搭訕。「謝謝妳，美麗的女僕小姐。」

女僕立即紅著臉，卡管家和艾特伯爵不約而同看著他，他絲毫不以為忤，還特地贈送一個優雅的笑容，身旁的望月已經咬牙握拳。

「卡管家，麻煩你說下去，不必理會那個白痴。」

這句話當然換來白優聿的抗議。但他只敢在內心抗議，不敢說出來惹惱望月。

卡管家點頭。「梅亞大呼救命，等到我和幾個男僕趕到花園的時候，我們發現潔西已經沒有呼吸了。」

「那麼第二起的事件？」望月記得他說這是第一起事件。

「是，第二次是在一個月前，那天晚上伯爵府舉辦宴席，我們這些僕人都忙著招待客人，沒有人發現畫室的門被人撬開了。直到宴席結束，一個男僕經過畫室，發現裡面盡是鮮血。」

卡管家布滿皺紋的臉上隱隱閃過恐懼，導致他停了好半晌才開口。「一個叫做蘇芳的女僕臥屍在內。」

「咦！」白優聿低呼一聲，讓卡管家一驚。

「你、又、怎、麼、了？」這幾個字是從望月的齒間迸出。

白優聿看到大家受驚的表情，指著一旁的小點心，歉然一笑。「不好意思，因為小點心太美味了，而且有我最喜歡的橘子味道，所以我……」

修養極好的艾特伯爵臉色微沉，卡管家則是一臉不敢相信地看著他，認為他的舉止嚴重貶低引渡人身分的望月，直接捉起小點心，往他嘴裡塞去。

「吃飽之後就別給我出聲。」傳來的是冷肅殺意，望月瞪著他。「如果你還珍惜性命的話。」

白優聿輕輕點頭，慢慢咀嚼小點心。

望月這才發問：「請問，當時的畫室被撬開？」

「是，畫室裡面收藏了許多珍品，只有我和卡管家才有鑰匙。」這次是艾特回答。

「有想過是兇殺案嗎？」望月問著。

「不，絕對不是！」卡管家突然大叫，在望月蹙眉的時候才恍然自己的失禮。「抱歉，我的語氣太激動了。」

「卡管家，你為甚麼如此肯定？」他看著雙腿微微顫抖的老管家。

卡管家瞧了一眼艾特，得到後者的頷首認同之後，他才以發抖的聲音說話。

「沒有一個兇手可以做到……蘇芳的屍體被釘在天花板上，雙手雙腳被分開，上半身赤裸，咽喉至乳溝被利器劃下一個十字……」卡管家想到當時的噁心駭人情景，忍不住閉眼顫抖。

如果兇手把蘇芳殺死再吊上去，這個可能性存在嗎？要是有這個可能性的話，這兩起案子應該交給警察。

望月思索著。「艾特伯爵，你肯定這兩起案子是和惡靈有關？」

「我已經請警方調查過了，但是他們找不出任何仇殺或暗殺的線索，潔西和蘇芳都是小鎮過來打工的女僕，生活簡單樸實，我不相信她們會離奇死去，唯一可以解釋的就是惡靈。」

「不是每件疑案都和惡靈有關，艾特伯爵。」

艾特伯爵一怔，不知該如何回話，卡管家忙不迭補充。

「我和幾個男僕都見過那道黑影，潔西遇害的時候，黑影在吸吮她的鮮血。蘇芳遇害，屍體被釘在天花板上，這都是證據。」

望月陷入沉思，沒再追問下去。吃完小點心的白優聿看著神情古怪的望月，艾特伯爵卻開口了。

「我想二位坐了一天的火車也累了。不如先去房間休息再調查吧？卡管家。」

「是，白先生、望月先生，這邊請。」

望月被帶到一間舒服寬闊的客房，窗口處剛好可以看到花園的景色。

站在窗前，他攤開右掌，四隻銀灰色的蝴蝶從他掌心的蝴蝶封印飛出，無聲無息穿透過窗口，飛向花園的方向。

「望月，你有見到我的潤膚霜嗎？」門也不敲，乾脆開門直入的白優聿立刻迎上一張臭臉。

望月瞪著他。「你來這兒旅行嗎？」還帶上潤膚霜！

「我告訴你，男生的皮膚一旦過了二十歲就會出現老化粗糙的跡象，塗抹潤膚霜是必要的保養動作——」

望月不再理會對方的喋喋不休，轉身繼續看著窗外的景色。

他的冥銀之蝶已經就位。分駐在伯爵府四個方向的冥銀之蝶，只要伯爵府中有惡靈出現，他就能夠第一時間通過感應力查出惡靈的所在。

「哇，還是你這裡的景色較美。我的房間都看不到整個花園的景色。」

身邊有人挨近，為他擋下了斜射進來的陽光。他看著比自己高出幾公分的白優聿，對方深邃的輪廓在陽光輕撫下，泛起柔柔的金光，望月下意識往旁挪開，他不喜歡和白優聿靠近……說不出為什麼，他總覺得對方無害的笑容中暗藏他不知道的危險因子。

當然，除了修蕾大人之外，他向來不喜歡與其他人接觸。

「望月……」側首要說話，白優聿就看到表情古怪的望月。

對方瞪著自己，好像一隻防備灰狼攻擊的白兔。這樣的望月很有趣。他怎麼可以放過戲弄望月的機會？

白優聿立刻挨近幾分。「別老是一副和我有仇的表情。我們是拍檔，拍檔應該多親近才能夠增加默契。」

「我們不是拍檔。」望月立刻冷哼，瞇起眼睛。「我們是情敵。」

「好，修蕾大人是吧。」死小子，一提及「修蕾」這個人，眼神就充滿強烈的占有慾。

白優聿攤手。「不過修蕾大人可是吩咐我們得以『搭檔』的形式來解決這次的危機。」

望月的敵意稍減。雖然不願意承認，但他知道這是修蕾大人的意思。他從來不忤逆修蕾大人的指令。

一隻手搭過他的肩膀，黑髮男子挨近他。「我們現在多親近一點，好好認識彼此——」

「啪！」望月拍掉對方的手，森冷警告。「別靠近我。」

他討厭和任何人有身體上的接觸，尤其是白優聿這個痞子。

「切，你老是扮酷，不累的嗎？」呼著被打痛的手背，白優聿不屑地說著。「怪不得你沒有朋友。」

「總好過你這個低能的見習引渡人。」望月冷冷駁回。

「喂，現在玩人身攻擊嗎？」

「哼！你的資料我看過了，每一種力量的指數都是不及格，靈力指數只有五十，你這樣的搭檔只會拖慢我的步伐。」

望月的俊顏寫滿鄙視。「還有，你來這裡的原因也是為了把妹，對吧？」

「有那麼明顯？」白優聿還嫌氣不死他。

對方果然抓狂地揪過他的衣襟。「我警告你，要是你那麼不認真的話，乾脆滾回學園去，別在這兒以搭檔為名招搖撞騙！」

這種不認真、凡事敷衍的人，根本不配做他的搭檔！

「你以為我很喜歡和人搭檔嗎？」白優聿別過臉去，插在褲袋中的拳頭悄然握緊。「我才不想和任何人搭檔，更不想當什麼引渡人。」

「那麼你就盡快退出。」省得站在這裡礙眼。

「你的建議很好。但是看到你這副表情，我又不想退出了。」他刻意要氣死望月，拳頭捏得格格作響，望月成功被白優聿惹惱，但看到對方得逞的表情，他當即咬牙忍下怒意。

「總之完成這次的任務之後，你就必須在我面前自動消失。不然的話，哼！」他眸底的騰騰殺氣代替了未說出口的威脅。

恐怖的少年。白優聿嘀咕著。「難怪沒人喜歡你。」

這句話輕輕飄入金髮少年耳內，本是冷凝的表情變得更加深沉。

沒人會喜歡你，沒有人。

熟悉的話勾起腦海深處的記憶，結痂的傷口似乎被扒開。望月陡地怒喝。「出去！」

白優聿微訝。對方咬牙切齒再次怒喝。「你給我出去！」

「幹什麼……」

來不及問清楚，望月用力一推，白優聿踉蹌幾步，跌撞出門外。望月以最兇狠的眼神瞪著他。「你別再出現！」

「望月？喂！」回應他的是房門被重重甩上。

白優聿眨著眼睛，一臉困惑。他說錯了什麼嗎？望月竟然氣得發飆！

想來想去，應該發飆的人是他才對啊。被人身攻擊的是他白優聿，望月這小子在氣什麼？

「莫名其妙。」他越想越覺得自己委屈，在門前重哼一聲。「不出現就不出現，了不起嗎你？」

彆扭、陰陽怪氣，望月一點也不可愛。

「十點二十分。」

白優聿的指尖輕敲桌面，看著古董大鐘，心裡卻想著望月的事。那個陰陽怪氣的小子似乎和艾特伯爵不對盤，難道這小子和艾特伯爵有過節？雖然望月這小子脾氣古怪，但是現在仔細一想，他發現剛才的望月除了生氣之外，還有濃濃的恨意。

他到底說錯了什麼呢？白優聿真是百思不得其解。看來，他應該找一個機會，好好和對方談一談。

「玫瑰花茶，可以抒解緊張和擔憂。」卡管家端上一杯茶。

「卡管家，我的樣子像是很緊張很擔憂？」

卡管家微笑不語，身為僕人，他懂得該在什麼時候說什麼話。

倒是白優聿自己先露了餡。「那個小子……吃了晚餐？」

「望月先生似乎沒有胃口。女僕露比說他只吃了兩口就擱著不吃了。」

「臭小子，果然還在鬧彆扭。」

白優聿露出擔心，卡管家一笑。「看來白先生和望月先生的關係不錯。」

「才不是。」白優聿連忙否認。他決定不管那個傢伙，先辦正事。「對了，我整個晚上都沒瞧見伯爵府上的女僕。」

他想順便和伯爵府的美美女僕們聯絡一下感情，說不定此趟旅程會有意想不到的收穫。

嘴角露出不懷好意的笑容，坦白來說，這是色狼才會露出的笑容。白優聿仰首等著卡管家的回答。

「自從發生了潔西和蘇芳的事情，艾特伯爵為了安全起見，吩咐女僕們一過晚上九時就不許踏出主屋，所以晚上伺候的都是男僕。」

「不許踏出主屋？」為什麼？他好難過喔，沒機會結識美美的女僕姐姐們。

「是，因為通往左右兩翼建築物的走廊上沒有鎮壓惡靈的圖騰，一踏出主屋，惡靈可能來犯。」

「也是喔……這兩件案子受害的都是女僕。」

「是的。」

「卡管家，你上次說過潔西遇害的時候被一個叫做梅亞的女僕發現。請問梅亞現在……」

雖然他不想插手此趟任務，但他還是多事地一問。

「很不幸的，她承受太大的刺激，精神狀況變得不好，伯爵讓她離開了。」

白優聿點頭，陷入思忖。吸取人類鮮血的惡靈，他沒有遇過，但是他聽臻提過。

四級惡靈分成三種，都是以吞噬人類為生，分別是擅長詛咒的咒靈，擅長魅惑人心的魅靈，以及依靠吸血提高本身力量的血靈。

四級或以上的惡靈擁有相當高的智慧，為了避免引起引渡人的注意，他們不會明目張膽在人前獵食，他們會製造意外，讓被吞噬的食物看起來是遭遇意外身亡。但現在，伯爵府連續發生了兩宗命案，甚至有人發現到血靈的蹤影。

「白先生，我可以請教一個問題嗎？」

「卡管家，你說吧。」

卡管家看起來憂心忡忡，確定了四下沒人之後才開口。「惡靈……會因為報復而攻擊人類？」

「可能。」

得到他的答案，卡管家輕輕一抖，手中的茶壺溢出幾滴花茶。

白優聿不禁好奇。「卡管家，你為什麼問這個問題？」

「沒、沒有。」卡管家有些慌，但很快的鎮定下來。「白先生，我有事要忙，你請自便。」

白優聿微笑頷首，眼神落在卡管家的背影上，掠過疑惑。

陡地，左邊脖子傳來火燒般的刺痛，他按著脖子，痛得撲倒在桌子上。

「幹什麼……該死！」這個部位以前是他的封印所在，現在宛如被熱水淋過，痛得他冷汗直冒。

猛地，一聲慘呼從不遠處響起。是花園傳來的聲音，他一驚，想到了某個可能性，連忙忍痛跑出去。

「啊——」慘呼聲戛然而止，對方似乎被人硬生生擰斷了脖子，四周充滿詭異的寂靜。

奔出門口，他看到聞聲而來的卡管家和幾個男僕。他們沒有發現他的到來，不約而同地瞠目看著前方，身子不斷顫抖。

白優聿很快知道他們顫抖的原因。

月光下，一個年輕的女僕倒在地上，雙眼圓瞠，幾滴鮮血濺上慘白的美麗臉蛋。黑影覆上了她的身體，低首吸著她脖子的鮮血，刺耳的吸吮聲充斥著寂靜的夜空。

「這、這是——啊！」卡管家驚呼起來。

趴伏在女僕身上的黑影抬首，發出骨頭碰撞的聲音。黑影緩緩轉身，比死人還更加難看的灰白臉蛋，布滿像蜘蛛網般的血痕，更顯可怖猙獰。

「血……靈……」白優聿看著被黑暗包圍的惡靈，血靈的特徵就是那張布滿血痕的臉孔。

血靈伸出舌頭舔去嘴角的血絲，大家的喉頭滾動了下，承受的驚嚇已經無法以喊叫來表達，只能愣愣地看著血靈站起。

「進去！趕快進去！」白優聿大喝一聲，驚醒石化的眾人。

一喝之下，眾人驚呼逃命，血靈的身影如箭離弦，飛快掠了上來。

「十字聖痕，曙光女神之盾！」白優聿口中喝斥，右手朝空劃個「十」字，微弱的光芒立刻從四面八方凝聚，在他和眾人面前形成一副泛著柔和光澤的盾牌。

雖然他對任務、搭檔一事從不放在心上，但是要他眼睜睜看著惡靈襲擊人類，他做不到。不過，白優聿顯然忘記了他此刻的靈力指數只有過去的一半，所以這句強大的咒言發揮不了太大的作用。

「嘶啊——」血靈一聲怒吼，口中吐出無數血色細針，輕易將不堅固的光之盾牌擊破。

白優聿瞠目看著血色細針激射過來，他的腦子下令要雙腿逃命，但是運動神經超級弱的他只後退了一步，細針已經來到面前，他閃避不及——

有人在他身後奮力一拉，白優聿往後仰倒，跌倒在地。

「望……月？」受驚的他仰首，剛好迎上望月繃得死緊的唇角。

血色細針釘在地上，化為一灘腥臭的血水，卡管家等人已經衝入主屋，望月冷聲說著：「進去。」

「望月，我——」

望月的表情異常冷酷。「進去，別在這裡扯我後腿！」

白優聿握緊拳頭，他不得不承認，以自己現在的靈力狀況，只會拖累望月，一咬牙，他大步走入主屋，主屋門檻設下的鎮壓惡靈圖騰，惡靈無法進入。

「解印——冥銀之蝶，請給光明者指引方向。」

右掌心攤開，一個蝴蝶圖騰浮現，望月腳下現出一個光圈，無數隻蝴蝶從地面竄出，往前方飛去。

銀色的蝴蝶很快纏上了血靈的身體。但是，事情並非如此順利。

「嘶——」血靈低吼，嘴裡射出血色細針，將每一隻冥銀之蝶釘在地面。

望月沒有放棄，他知道單憑這種程度的攻擊是奈何不了身為四級惡靈的血靈，在這之前，他已經想好了作戰計劃，意念甫動，無數隻冥銀之蝶從光圈飛出，再次纏上血靈。

血靈不屑一顧，輕易擋下他的攻擊，完全沒有意識到墜落的冥銀之蝶化為點點銀光，在他腳下形成一個光圈。

時候差不多了……望月嘴角微勾，薄唇動了一下。

「光之束縛。」

血靈腳下的光圈綻放出異樣灼熱的光芒，血靈被光芒灼得厲聲慘呼，交錯的光芒宛如一個鳥籠，禁錮了血靈，讓他無法踏出光圈。

攻擊現在才正式開始！望月揚起封印所在的右手，朗聲念著。

「紛揚的塵子、飄舞的花瓣，請以純淨之名編織成光明的網……」

白優聿聽著對方的咒言，血靈的頭頂上空逐漸浮現一張耀眼的光網。

「穹蒼之氣，駐守光與暗的邊界；時間之刃，守護善與惡的真理；流傳於塵世的傳說，東方之龍、西方之虎、南方之雀……」

這個冗長的咒言是高級咒言，需要耗上相當多的時間和力量才能夠完成強大的攻擊，因此望月先對血靈設下光之束縛，爭取完成咒言的時間。

但，這種程度的束縛恐怕不能支撐多久……

「凝結於我手中的沙子，是無上聖潔的證明，以左手為盟、右手為約，傳說中的四方力量為根本……」

「嘶——啊——死吧，引渡人！」

血腥氣息席捲而來，白優聿看著倏然迸裂的光之束縛，血靈飛快朝怔愣的望月撲去，血盆大口中露出尖利的獠牙對準望月的脖子。

來不及了！

「望月！」陡地，屋內衝出一個人影，撲向血靈。

然後好幾個人拉起跌坐在地的望月往後退，接著一陣熟悉的嗓子叱喝：

「十字聖痕，光明之箭，飛揚！」

破空射來三枝短箭，奈何念咒者的力量太弱，歪歪斜斜的飛箭被血靈輕易閃過，捨命救望月的男僕被血靈張口一咬，鮮血噴濺出來。

「傑克！」卡管家大叫著，男僕傑克被血靈挾起帶走，消失在月夜之下。

跌坐在地的望月和臉色煞白的白優聿，怔然看著濺灑在他們面前的血滴，駭人的、溫熱的鮮血似乎是血靈譏諷他們無能的證明……

白優聿握拳，靠著門框支撐起虛軟無力的身體，卻支撐不起他顫抖淌血的心。

他，再一次看著別人死在他面前……

CH4

記憶與過去

陽光灑進窗臺，為冰冷的房間帶來一絲暖意。

望月睜開眼睛，猛地從床上撐起，彈跳坐起之後，全身上下傳來的痠痛提醒了他，昨晚發生的事情。

「望月，早啊。」

察覺到床上熟睡的少年醒轉，本是看著窗外景色出神的白優聿轉身，毫不吝惜給他一記陽光笑容。

只是那抹笑容看得望月擰眉，藏在被子下的雙拳緊緊握起。

「卡管家剛才拿了早點過來，有吐司、果醬還有鮮奶，多吃一點吧！」

望月盯著白優聿……白優聿臉上找不到一絲他想尋找的異樣，白優聿開朗笑著，好像什麼事情也沒有發生。

但是昨晚，有兩個人死了……一個是他來不及拯救的女僕。一個是為了拯救自己，結果淪為血靈食物的男僕傑克，這兩個人都是他們的無能所以才會送命。

白優聿竟然還可以笑著說：早餐應該多吃一些。

「我知道你一定不高興在房裡見到我。說好了，我不是故意留在你房裡，只是昨晚……」白優聿很快頓了一下，抑下心底那份異樣，繼續說著：「你累癱了，所以我才留下，好歹也有個照應。」

望月沉默不語，撇開視線。

這種沉默是無聲的指責，白優聿很快就明白對方的意思。

「來，喝杯鮮奶補充體力。」他打起精神，將鮮奶遞過給對方。

啪！溫熱的鮮奶濺上他的臉頰，金髮少年猛地揪過他，俊顏寫滿憤怒。「你還可以若無其事的笑？」

白優聿以手背拭去臉頰上的鮮奶，然後正視對方。「不然，你要我哭？」

望月憤怒得雙眼幾乎噴火，白優聿的眼神卻變得好冷，彷彿說著無關痛癢的事情。

「兩個人死了，血靈逃走了。傷心難過可以改變事實嗎？」

望月火大，一把揪過他的衣領怒吼：「你難道一點愧疚也沒有？」

衣領被揪得快裂開，白優聿沒有退後，只是冷冷地開口：「還是你想哭，想找一個人做伴？」

望月再也忍不住，一記拳頭揮了過去。被揮中的黑髮男子往後跌開幾步，背心撞上了牆壁。

「你一點都不在乎！從頭到尾，你對這個任務都是抱持玩鬧的態度！」

望月沒有放過他，再次揪過他，大聲地吼他。「為了討好修蕾大人，你才選擇參與這次的任務。你沒有半分的認真，沒有半分的醒覺，你根本就不在乎能否把血靈消滅！」

所以對方可以很冷靜，可以一點的憤怒也沒有，甚至連一絲的傷感也沒有！全是因為白優聿完全不在乎他人的生死！

「你不配當引渡人！我告訴你，你連擔任見習引渡人的資格也沒有！」心底那股氣憤不斷擴大，望月無法抑制，他只想把心底所有的鬱悶氣苦喊出來。

大手陡地推開他，黑髮男子看著他。「你是在氣我，還是氣你自己？」

「你在說什麼？」

「你這番話同樣是在罵你自己。」

望月一怔，看到了對方嘴角勾起的冷笑，帶著嘲諷的意味。他再也忍不住，揮拳擊向對方的面門。

黑髮男子出奇的沒有大呼小叫或是求饒，只是輕輕拭去唇角的血絲，聲音略嫌沙啞地道：「我不認真，我承認這一點，但是我並非不難過。」

望月咬牙，聽著對方繼續說著：「我明白那種痛，看著別人在你面前死去，你無力挽救的那份痛，但是我們沒有權利去痛，我們是引渡人。」

「少自以為是！」望月一喝，想起昨晚的事情。「如果你真有身為引渡人的覺悟，你昨晚就不應該讓傑克出來！你應該盡全力阻止他出來送死！」

「昨晚我根本不知道他會衝出去！」白優聿握拳一喝。

「那麼你有盡力嗎？還是你的本領就只有那區區的幾下？」望月惱怒大叫。

來來去去就是會念幾句咒言，要不是他及時趕到，白優聿現在已經變成了一抹魂了！

「我承認我的無能，但是這次的任務本來就是四等級的任務，有相當高的難度——」

「我不想聽辯解！」望月手一揮，咬牙說著：「像你這種幫不上忙、只會拖累搭檔的人根本就不應該出現在這裡！」

「夠了！我知道你現在很煩很氣，但我是你的搭檔，不是你的出氣筒！」

「我不會承認你是搭檔。我不需要這種會害死旁人，甚至可能害死自己搭檔的人！」

白優聿張大了眼，眸光隨即黯了下來。「你認為看著消逝的人命，我會不難過嗎？」

望月一怔，白優聿的眼神讓他說不出話，好半晌他才咬牙。「我不想知道，要是你真的不想連累別人，就快快辭職算了！」

「但是我想讓你知道。」白優聿站直了身體，眼神變得有些哀傷。「這個世上真正的痛，不是可以說得出口的痛。無法說出口、也無法忘記的，才是真正的痛。」

丟下這句話之後，白優聿不再多說，默默地轉身走出。

望月看著對方的背影，不禁握緊拳頭恨恨低吼：「說什麼狗屁話！」

水花灑落，形成點點水珠，順著他健碩的身體滑落。

浴室內，白優聿任由冷水淋下，眼神空洞地看著腳下光潔的白色瓷磚。

——我不會承認你這個搭檔。

這句話很熟悉，當時年少輕狂的他，也曾經說過，現在換自己來承受這句話，滋味的確不太好受。

「現世報啊……呵……」嘴角微扯，勾勒出自嘲的弧度，水珠沿著他的輪廓滴落至頸窩，他下意識地摸著左邊的脖子，他一直不明白，自己的封印為何會無端端的消失。

引渡人的力量源自身上的封印，到目前為止，總部沒有發生過引渡人的封印會自動消失的案子，他可是開創先例的人。

調查不出原因，三年前那一役之後，臻死了，自己身上的封印也消失了，靈力指數也剩下從前的一半不到，無法達到一個身為執牌引渡人的標準。

白優聿從世界的頂點摔到了谷底。曾經讓他驕傲的力量沒了，曾經讓他依靠的夥伴沒了，剩下的只有滿滿的孤獨和恐慌。

自此之後，他從一個自信驕傲的執牌引渡人變成了一個懦弱膽小、只想渾噩度日的人。

簡單的來說，他隱藏了真正的自己。只要隱藏起來，只要不再碰觸，他就不會再承受不必要的痛苦。

不……也許他身上還留下某些東西足以讓他痛苦的。

他的手往下移，撫上了左半身的傷疤。自肩膀而下、蔓延過左胸，來到左腹。那裡盡是一大片難看的疤痕。凹凸不平、呈現赤褐色的傷疤，肌肉宛如被火燒得皮開肉綻，是臻留在他身上的證明。

控訴他的無能、控訴他的殘忍……的證明。

白優聿的眼神放空了，手上的力道加深，用力扒抓著傷疤，狠狠地抓著，直到指甲劃破了皮膚，浴室裡飄散著血腥氣息，白色的瓷磚染上點點血跡，他才一拳擊在牆壁上，發出困獸般的吼叫。

「啊……」攙著濃濃的悲傷、愧疚和痛意，白優聿口裡逸出如同嚎哭的聲音。

臉頰上滑落的水珠變得滾燙，那是從他眼角流下的淚，他靠著牆壁滑落，抱緊自己的膝蓋，放縱自己的悲傷。

他不想看著別人死在他面前。他多想憑自己的雙手去挽救他們，但是，以前的他做不到，現在的他，更加做不到！

他很痛苦，他不想再當什麼引渡人，因為他害怕自己一如望月所言。

——你會害死別人，甚至是自己的夥伴。

白優聿抱緊自己，落下的水花是溫熱的，但是他忍不住顫抖，他的心變得好冷好冰，全身上下唯一還是滾燙的，應該是他流下的淚水吧……

也不知過了多久，等到他的心情漸漸平復，他才扶著牆壁站起，拿過毛巾拭乾頭髮上的水珠，他選擇不看被自己抓得血淋淋的傷疤，套上衣服，走出浴室。

猛地，白優聿停下腳步，看著陡然出現在他房裡的金髮少年。

「望月？」混小子……該不會又來找自己出氣吧？

倚在桌沿的望月抬首，拉長一張俊臉。

「來找我有事？」白優聿的語氣不是很好。

望月不答話，只是以古怪的眼神盯著他，大概是發現到他的不尋常吧。

「沒事就滾蛋，我沒心情和你抬槓！」白優聿臭著一張臉逐客。

「呃……」望月張了張嘴，竟然說不出話。

等一等，他是過來幹什麼的？被白優聿頗具氣勢地吼一下，他竟然忘記了。

對了，剛才他還氣沖沖拿著一份「退學申請書」過來找白爛人，但是當他看到對方這副死樣子，他竟然有一種內疚的感覺。

可是他內疚個屁嗎？他可沒有對白優聿做過什麼！

「這個！拿去填妥然後交給我！」一份文件砸在白優聿面前。

白優聿撿起一看，眉頭隱隱抽搐，臭望月，竟然拿一份「退學申請書」過來！

「好好好，嘿。」白優聿雙手一用力，退學申請書頓時屍骸不全，散落在地。

「白、優、聿！」望月冷厲地瞪過來，要發飆了。

「你憑什麼要我退學？」白優聿站起，以居高臨下的姿勢看著比他矮上好幾吋的望月。

「不憑什麼，要是你有自知之明，不想因公殉職還有拖累搭檔就給我填妥！」

「望月，我忍你夠久了，別把所有的過錯都推往我身上，你自己沒有錯嗎？」

「我錯在哪裡？」

「你錯在太跩，臭屁望月——」

「我錯在讓你同行！讓你當上我的搭檔！無能的白爛人！」平時不太愛說話，一開口說話絕對會氣死人的望月以鄙夷的眼神看著白優聿。

白優聿再也忍不住。「你他媽的說什麼？」

孰不知，「他媽的」這三個字是望月的禁忌，一聽到這三個字，金髮少年就會嚴重抓狂。

當然，可憐的白優聿是在下一秒飛起撞上牆壁、再呈大字形倒在地上那一刻才深深瞭解這三個字是望月的禁忌。

「別在我面前提及『媽』這個字。」望月的拳頭格格作響。

那麼「母親」、「阿娘」還有「阿母」這些稱謂可以嗎？

不過，白優聿來不及問這些廢話，就被望月粗魯揪起，啪的一聲，新的一份退學申請書砸上他的臉。

「填妥！」

「……你哪來的存貨？」

「你再廢話，我就揍斷你的鼻梁，讓你破相！」

白優聿拿過筆，卻沒有行動，只是看著望月。「我想我忘記告訴你一件事。」

「遺言嗎？」望月凜笑。

「我是總帥直接推薦進來梵杉學園就讀的高材生。」

當然「高材生」是他自己認為的。不過事實就是如果沒有總帥的批准，沒人可以為他辦退學還是要他辭職。

「就算我填妥這張申請書，總帥還是會把我送回梵杉學園，到時候不單你會很難看，親愛的修蕾大人也會很難看。」

望月的臉色瞬間變得鐵青。

嘻嘻，知道我的厲害了吧？白優聿在心底偷笑。「如果你不相信我說的話，你可以直接去問修蕾大人，她一定——唉喲！」

拳頭直接往面門擊來，總算白優聿閃得快，鼻骨才沒被打斷。

「你……神經病！」偷襲人家！

「拿修蕾大人來開玩笑就不可饒恕了，你還要扯總帥大人下水？」望月森冷地宣布：「你，死定了。」

「等一下！我說的都是實話！」

「冥銀之蝶！」

「哇啊！你是人頭豬腦啊？臭望月！」

一罵完，白優聿已經被冥銀之蝶制伏，整個人倒在地板上。望月掛著陰冷的表情出現在他頭頂上方，瞇起眼睛。

「說謊是吧，罵我人頭豬腦是吧，硬是不肯退讓是吧……」望月比惡靈還更加恐怖，一把揪起躺在地上的他，力道之大扯得他的衣襟也破了。

「我一定會把你的惡行告上修蕾那兒去！」白優聿緊閉雙眼大叫。

但是等了好幾秒鐘，望月竟然沒行動。以為成功威脅到對方的白優聿睜開眼睛。

望月眉頭緊蹙，眼神有著驚疑。下一秒，他突然動手解開白優聿的上衣鈕釦。

「你幹什麼？」白優聿大驚。

「讓我看！」

「看什麼——」

「你的身體！」

「什麼?!你、你誤會我了！我不是你想像中的那種男人！慢著，我絕不會為了換來日後的和平共處而出賣自己的身體──」

望月不理會對方的大呼小叫，大手一扯，襯衫鈕釦被扯落，敞開的上衣，露出無法掩飾的傷疤，望月凝睇白優聿左半身上猙獰可怖的傷痕之後，不禁倒抽一口氣。

可怕的傷痕像是攀沿大地的老樹根，揪得那片肌肉走形、變色。這是被火燒烙下的傷痕，不是昨晚血靈留下來的傷痕。

望月的手輕輕抖了一下，竟然有些失措。他應該鬆一口氣的，因為剛才他還以為白優聿昨晚被血靈傷了。眼前所見，證明這是舊傷疤，他昨晚並沒有保護不周、讓白優聿受傷。但是，他的呼吸卻變得有些困難。那片縱橫的傷疤刺痛著他的視線。

白優聿突然低喝一聲。「夠了！」

望月一怔，看著白優聿臉上的厲色。

「你想看的就是這個嗎？現在的你應該滿足了吧？」

說實在的，望月很想一拳掄過去。對方以為自己是誰呀？竟然對他厲聲相向？

但是白優聿流露出的那種該死表情叫他難以下手。

那是幾乎哀傷得想哭的表情。

「如此醜陋不祥的傷疤有什麼好看的？」白優聿坐起，默默轉過了身，以充滿自嘲的語氣說著。「看了只會讓人覺得……凝眼。」

望月忘記了自己是怎麼離開白優聿的房間，跌坐在自己房裡的沙發上，望月壓著額頭，一臉困擾。他對這個人一點好感都沒有。在對方身上，除了負面的形容詞之外，他找不著任何的正面價值。

可是白優聿身上的傷痕卻讓人在意起來，那些看起來像是經歷過某些大場面才會留下的傷痕。向來貪生怕死的白優聿有可能經歷過生死場面嗎？

而且最讓他不爽的是他竟然為自己硬揭對方傷疤的做法感到一絲絲的愧疚，連強迫對方填妥退學申請書的氣勢都沒有了，只是默默地掩上門，極快地離開。

愧疚應用在白優聿身上，真的是浪費了。

自從來到這個充滿不愉快記憶的地方，他的思緒開始變得混亂。就算他壓抑得再好、隱藏得再好，他仍舊無法平復下來。

「哼。可笑。」他抿緊唇線，取出手機聯絡上了情報組。

很快的，黃昏降臨了。窗外的餘暉逐漸被黑夜吞噬，暗色鋪蓋了大地，望著窗外怔怔出神的望月終於拉回了飛散的思緒，極快地梳洗一下，然後出門。

黑夜是惡靈活躍的時間，伯爵府經過昨晚的經歷之後，每個人都難掩驚惶，艾特伯爵特地下令讓府中上下在入夜之後不許踏出主屋半步。

望月踏出房間，就迎上了剛好捧著晚餐過來的卡管家。

「望月先生，這是為您準備的晚餐。」卡管家恭謹地說著。

「不了。謝謝你，我想去四周探視一下。」望月現在沒心情吃晚餐，直接越過卡管家。

穿過走廊，他走出了主屋的範圍，來到寬敞的花園。銀色的月光灑落，含苞欲放的花兒泛著銀光，像是天際上的繁星。望月踱步，意外的發現身後跟來一個男人。

「幹嘛？不認識我？」白優聿雙手插口袋，晃呀晃的來到他身側，語氣和眼神還是一如既往的欠扁，自然得彷彿什麼事情也沒發生過。

望月自認沒有對方的演技好，他還是忍不住以驚訝的眼神打量了對方好一會兒，這才收回視線。

「為什麼跟上來？」

「我是你的搭檔，為什麼不能跟上你？」白優聿說得自然極了。可是只有他自己知道，藏在身後的拳頭握得有多緊。

望月說過的話，在他心底投下不輕的重量。

他一直認為自己不介意別人的看法，更不介意望月把他說成只會拖累別人的下三流角色，他甚至認為自己只要躲在這個新搭檔身後，等著對方完成此趟任務就好了。

但，直到昨晚眼睜睜看著別人死在眼前，才猛地發現自己只是在欺騙自己。

他沒有辦法像自己想像中的坦然。無法坦然面對死亡，儘管他曾經遇上太多的死亡；他無法坐在房裡等著自己的搭檔去面對危險，儘管在出使此趟任務之前他就打算袖手旁觀。

他對望月沒什麼好感，可是一想到望月鮮血披面倒下的畫面，他莫名地感到恐懼，一如當初臻在他面前倒下的恐懼。

「搭檔」對他而言，有著更深層的意義。不僅是出任務的夥伴，而是必須互相守護在身側、一起肩搭肩活著回去的夥伴。

儘管他和望月八字犯沖，關係極惡，望月始終是自己的搭檔。他不想再次經歷失去搭檔的痛和疚。

望月冷哼一聲，轉身。「我沒有承認你是——」

白優聿揮手，打斷了他的話。「承認與否是你的自由。總之，在這段期間內，你是我的搭檔，我不會拋下自己的搭檔。」

望月微怔，對方的語氣斬釘截鐵，堅定得讓人懷疑這人是不是白優聿，至少他印象中的白優聿不會如此認真。

「雖然我的靈力不足，但我至少可以幫你擋幾下攻擊，拖延一下時間。」白優聿一副「感激我吧，小子」的表情。

望月逸出輕蔑的一哼，轉身大步向前。

白優聿抿唇，沒讓對方知道他有多認真，就這樣默默跟在對方身後。

因為伯爵的命令，所有人都待在主屋內，四周變得更加寂靜，冷風拂得樹葉發出沙沙聲，讓這個寂靜的夜晚平添一份詭異感。

他們就在主屋以外的範圍走動巡視，一直維持現有的沉默，白優聿若有所思，沒有留意前面的望月已經停下腳步，結果整個人撞上了對方。

「你幹什麼？」望月著惱地揪起他的衣領。

白優聿一臉無辜地攤手，衣領被揪得老高，露出了左半身脖子以下的傷痕，望月冷哼一聲，這才鬆開手轉身。

對方的莫名反應讓白優聿摸不著頭緒。他整理好自己的上衣，這才遲鈍地發現敞露出來的傷痕。

「那個舊傷是怎麼來的？」望月突然開口了。

白優聿沒有想到少年會提出這個問題，愣了好一下，陷入了沉默。

「算了。」望月主動結束這段無意義的對話。連他也開始懷疑自己為何提出這個問題，白優聿的事壓根兒與他無關，他太多事，一點也不像平日的作風。

「望月，你想知道嗎？」

「沒興趣。」

白優聿鬆了一口氣，腳步放緩了，拉開彼此之間的距離。

要是被望月知道實情，少年會怎麼看待他呢？

驀地，夜裡的冷風颼颼，吹得狂亂猛烈。走在前面的望月停步，舉臂擋在面前，暗自提過戒備。

「喂，貌似很不妥……」白優聿也停下腳步。他嘴裡說著會幫拍檔擋攻擊，但遇上事情他就很自然地往拍檔身後縮去，還扯了扯望月的袖子。

「不要拉我！」望月惱火地拂開他的手，自己的袖子滿是皺褶了。

「別那麼生氣，人家只是一時緊張。」白優聿嚥嚥口水。

「緊張就滾回去睡大頭覺！最好睡死省去我的煩惱！」這是望月的心願。

「嘖嘖，你這個憤怒少年真是——」

瞬間忘我的爭論起來，二人的聲量不小，致使他們沒有發現身後來了一道人影。

「白先生，望月先生，請問有事嗎？」卡管家彬彬有禮地問著。

「呃……我們在討論著任務的事情。對嗎？望月。」白優聿立刻勾過望月的肩膀示好。

望月瞪了他一眼，他訕訕地抽回手，就聽到望月問著卡管家。「附近可有異樣？」

「沒有。辛苦二位了。」卡管家微躬身以示敬意。

「沒什麼，這是我們的任務，我們常常這樣水裡來、火裡去的——喲！」爭著說話的白優聿被某人一記後肘暗算，痛得滅音了。

「卡管家，沒事的話請別離開主屋，我們繼續到後面去巡視。」望月禮貌地說著，然後粗魯地拉過白優聿走人。

卡管家當即走進主屋，身後的二人不時傳來爭論吵鬧聲，漸行漸遠。

這一夜，意外的寧靜。但這份寧靜似乎隱喻了暴風雨來襲的前兆。

CH5

血靈的詭計

巡視了一個晚上的白優聿，幾乎一碰著床墊就睡了過去。接著，他作了一個好夢。

他夢見伯爵府的美美女僕們一字排開，爭先恐後上前伺候著他，一聲又一聲喚著他「主人快來抱我」，他老實不客氣地撲上去，一個又一個地吻著、親著、掐著、揉著——

唉，真是引人入勝的夢啊……

春夢進行到這裡，一桶冷水陡地從頭頂淋下，打斷了流鼻血的綺想——

「哈啾！」白優聿打一個噴嚏，冷得直打哆嗦，睜開眼睛就迎上一張撲克臉。

噢，他剛才果然睡著了，還發夢了。

他拭去頭頂滴落的水珠，一瞥眼，就發現撲克臉主人手中拿著一杯水。

「望月，你幹嘛——」他才想說話，冷水又潑了過來。

「清醒了沒？」望月又拿過擺在桌上的第三杯冷水，對方在夢裡發出的曖昧怪聲已經讓他無法容忍。

「醒——哈啾！」一個噴嚏，某些黏稠的水珠濺上那張撲克臉。

望月的嘴角隱隱抽搐，白優聿手忙腳亂地拿過紙巾，就要幫對方擦拭。

「坐好。」望月一把搶過紙巾，決意不要讓白優聿靠近。

「……噢。」白優聿委屈地坐好，盯著對方。

真奇怪……望月怎麼會七早八早出現在他房裡？按照他對望月的理解，對方絕對沒可能會親自走過來，輕拍他臉頰叫一聲：親愛的搭檔，起身吃早餐……

呃，想著就有些反胃，望月絕對不是那種溫柔的搭檔。

望月崇尚暴力，望月小雞腸肚，望月霸道野蠻——

「喂，你有沒有聽到我說話？」正忙著暗暗數落望月的他，冷不防被對方一喝驚醒。

「抱歉，你剛才說什麼？」白優聿連忙正經過來。

「算了！」望月惱怒地揮手，將身邊的一疊文件擲在對方面前。

白優聿手忙腳亂地接過，一翻之下不禁挑眉。「這是……」

「我拜託情報組調查的資料。」

白優聿仔細翻閱，很快輕咦一聲：「是受害女僕的背景資料？」

「除了傑克，三個受害者都是女僕。我懷疑這不是偶然。」白優聿翻閱資料，望月逕自說著。

「第一個受害者是潔西，是珀忝小鎮過來的女僕。第二個受害者蘇芳和第三個女僕，也就是昨晚遇害的琳達，同樣是珀忝小鎮人士。從鄉下出來工作的女僕們，通常經過熟人介紹才會進入富貴人家打工，而負責介紹她們進入伯爵府工作的人叫做布蘭。」

「布蘭……應該是關鍵？」白優聿聽出了弦外之音。

「他本來是伯爵府中的廚師，但兩個月前去世了。」

「兩個月前，和血靈出現的時間吻合。」

白優聿蹙眉沉思，望月遲疑了下才開口：「我有一件事要請教你。」

「好說好說。」對方難得用「請教」二字。

「血靈的屬性。」望月可是用盡全力才強迫自己請教白優聿。「總部的情報組說，你應該對血靈的屬性有認識。」

白優聿曾經引渡過血靈，這是情報組給他的資料。他很難想像這個一無是處的白優聿曾經對付過血靈。轉念一想，他想到了某個可能，如果以前的白優聿是當初在荒廢教堂輕易制伏四級惡靈的白優聿，說不定真的有可能……

果不期然的，他想起自己被對方「當作豬耳朵咬」一事，立刻咬牙瞪著對方。那個心頭恨，終有一天他會連本帶利討回。

倒是白優聿沒有注意望月記恨的表情，專心解釋血靈的事情。「惡靈不會主動踏上輪迴之門，因為他對塵世的人或事有羈絆。這種羈絆越深，藏在他們心底的怨恨就越深，他們的傷害力量就越大。四級或以上的惡靈，破壞力、傷害力超越下級的惡靈至少十倍，因為羈絆他們的是仇恨。」

「所以？」望月收斂心神，聽著他的分析。

白優聿一笑，他難得在望月面前顯露威風。「四級惡靈傷害人類的原因通常是為了報復，但他們不會停留在一個地方找尋獵物，除非那個地方對他而言有極深的羈絆。」

望月聽出了他的意思。「伯爵府的血靈殺害了三個女僕，這代表血靈的復仇目標是伯爵府的人。」

「假設布蘭的死不單純，潔西、蘇芳和琳達和他的死扯上關係，那麼我們大概可以預測化身為血靈的布蘭，接下來的舉動。」

「問題是，我們怎麼肯定布蘭化身成為血靈？」

白優聿看著陷入沉思的望月，露出一副感激涕零的表情。

望月戒備地退後。「你想幹什麼？」

「我、我好感動喔！望月第一次以『我們』來發表言論！之前你都是對我說『滾開』、『閃邊去』、『這不關你的事』諸如此類的說話！」

黑髮男子感動得雙手合十，握在胸前，黑眸泛起水霧。「望月，我現在才知道你是面惡心善的人，之前你向我道歉，現在又把我當成是夥伴看待，我相信我們的感情一定能夠逐漸成長，讓我們為這份共患難的友誼呼喊萬歲——」

「吵死了！」一個空的杯子丟了過來，剛好擊中白某人的額頭，對方嗚呼一聲仰倒。

望月雙手環抱，臉色陰沉難看。「我這麼做是為了完成任務。」

如同對方所言，沒人願意見到其他人的死。

「還有修蕾大人。」復活的白某人捂住腫起的額頭，舔了舔嘴唇。

他的表情再次惹怒望月，雙手一揮，這次是兩個空杯子。

看到對方詐死倒地，望月才冷哼。「要回去見修蕾大人的大前提是，你必須還活著。」

四級惡靈——血靈的力量有多大，他已經見識過了。白優聿應該不會陌生才對，那種超越普通惡靈十倍的力量，強大得足以毀掉一切防禦。

「不然，我們通知總部增加支援好不好？」白優聿其實也是怕怕。

望月瞪他一眼，這不是在宣示自己的無能嗎？「我會想辦法。現在重要的是我們要確定血靈的身分。」

如果你有辦法，昨晚早就收服血靈了！白優聿心底嘀咕，腦袋突然靈光一閃。「我想起了！」

「什麼？」

「有個人應該可以幫到我們。」

黃昏過後，伯爵府變得一片寂靜。

血靈攻擊的事情讓伯爵府上下人心惶惶，為了避免再次出現事故，艾特伯爵下令太陽下山過後，所有人盡量留在主屋或是自己的房間，沒必要就別隨意走動。

當然，只有兩個人除外。

「請問卡管家在嗎？」白優聿敲了敲門。

房間內沒有傳來回應。他再次敲門。

卡管家出去了？白優聿有些無奈，身後的望月不耐煩地開口：「為什麼帶我來找他？」

「好吧，我就把我發現的疑點說給你聽。」白優聿示意對方湊前，對方仍舊冷著一張臉站得遠遠的，他只好放棄。「昨晚我和卡管家談話，我很聰明喔，先從遇害女僕的事情談起，然後我們再談到——」

「講重點。」

「可是我不從頭說起，你可能會不明白，那麼你就沒辦法投入我的分析，更加嚴重的可能性是你聽不懂我要表達的意思——」

「講、重、點！」拳頭握得格格作響，成功制止長篇大論的白優聿。

「知道了。」白優聿心底嘀咕著，臉上堆起笑容。「卡管家問我，惡靈會不會因為報復而攻擊人類。」

望月挑眉。「喔？」

「你看你，我就說要從頭講起，你偏不……好，我明白。」逼近的拳頭威脅著他引以為榮的臉蛋，為了不讓美美臉蛋受損，白優聿直擊要點。

「卡管家沒有把他知道的事情全盤托出。」

望月沉吟……的確，卡管家的這個問題很唐突，似乎隱藏了什麼關鍵，他想了一下，隨即開口：「卡管家懷疑血靈是因為報復而傷害人命，那就是說，他很有可能知道三個女僕枉死的真相。」

白優聿立刻鼓掌。「望月好聰明，我才開了個頭，你就懂得結尾了！」

「我什麼時候告訴你我是白痴？」

一陣搶白，白某人的笑容僵住。遲疑了三秒，他突然問著：「望月，你和艾特伯爵有過節？」看見望月立刻瞪過來的目光，白優聿連忙按住嘴巴，含糊解釋：「不想回答就算了，別打人。」

「沒什麼好說的。」好半晌，望月斂回凌厲的瞪視，不自在地別過臉。

白優聿輕輕點頭，仔細審視對方的表情。他才不信望月和艾特伯爵之間沒發生過任何事。

倏地，一股火燒般的痛楚襲來，他按住左邊的脖子，痛苦之下揪過望月的袖子。

「喂，你幹什麼？」望月挑眉，死人白優聿總是怪裡怪氣的。

左邊脖子上……以前是他的封印所在……這是第二次的痛……

白優聿猛地一驚，想到一個關鍵。「血……血靈是不是出現了……快去看……」

「什麼？」望月沒聽清楚他的話。

「血靈……上次這裡痛……血靈就出現！」他急著表達。

望月總算聽清楚了。雖然不明白白優聿的意思，但是「血靈」二字清楚鑽入他耳內。

幾乎同時，一聲慘呼從不遠處傳來。

「走！」望月大喝一聲，往聲音的方向走去，白優聿也跌跌撞撞跟上。

猛地，望月停下腳步，後頭忍痛追上的白優聿收勢不住，撞了上來。「哎喲！我的下巴……」

白優聿陡地說不下去了，摀著下巴的他立刻明白望月停步的原因。

不遠處，一位年輕女僕倒在血泊中，遍尋不著的卡管家跌坐在地，瞠大眼睛看著不斷逼近的嗜血黑影。強烈的血腥氣息不斷襲來，讓人聞之欲嘔的氣息根源，正是血靈！

「十字聖痕，光之庇護！」望月低喝，凝聚的光芒形成一張網，在卡管家面前擋下了逼近的血靈。

「白優聿，保護卡管家！」他一喝，衝了上前，翩翩起舞的冥銀之蝶舞成一團耀眼的光芒，瞬間化作流星雨般激射向血靈。

血靈發出冷笑聲，血色細針激射而出，輕鬆擋下冥銀之蝶的攻擊。但是這次他學乖了，沒有輕敵，而是往後躍開，看著擱在他面前的見習引渡人。

「嘶──少年，你不是我的對手……滾！」四級惡靈發出沉聲的警告。

身後的白優聿已經拉過受驚的卡管家，後者緊緊拉著白優聿的衣袖。「是他……是他！」

「你和這些遇害的女僕到底有什麼冤仇？」望月喝問，擋在卡管家和白優聿面前。

「嘶──不關你的事，滾！」血靈一句一頓，低沉的聲音聽起來威脅性十足。

「身為見習引渡人，我沒有袖手旁觀的理由。」

「嘶──不滾……你就死。」

金髮少年瞇起眼睛，四周出現的冥銀之蝶越來越多。血靈的挑釁成功激起了他的不服輸火焰。

「嘶──死吧。」

經過上次的交手，望月已經看穿對方無法連續性使出血色細針攻擊，他手一揮，一批冥銀之蝶飛舞擋下細針攻擊，再一揮手，更多的冥銀之蝶從左右兩邊夾攻。

但，一眨眼，血靈竟然失去了蹤影。血色細針的攻擊……竟然只是對方用來逃走的煙幕！

「可惡！」望月咬牙咒罵，長腿一跨就追上，絲毫不理會後頭叫著他的白優聿。

「別追──」笨望月！這極有可能是一個圈套！白優聿焦急地看著對方遠去的背影，熟悉的情景在他腦海掠過。

他突然間害怕望月會從此消失在他眼前，一如當年的臻。他知道當前的任務是要護送卡管家返回主屋，但是他真的害怕望月會出事……這下該怎麼辦？該護送卡管家還是追上望月？

「白先生！」陡地，艾特伯爵的聲音從後頭響起，他頓時有了計較。

「請你帶著卡管家回去主屋，天亮之前都別離開主屋的結界範圍！」

一說完，他將卡管家推過給對方，疾快地追了上去。

望月循著血靈留下的氣息追尋，很快地來到位於伯爵府東邊的那棟古老建築物。他曾經聽卡管家說過，這個地方是艾特伯爵的爺爺用來培植稀有花樹的地方。自從伯爵的爺爺去世之後，這裡就丟空了。

他放緩腳步，空氣中的血靈氣息淡化了。這麼說來，之前留下的氣息僅為了引他追上？血靈把他引來這個地方，到底想幹什麼？

深呼吸讓自己冷靜下來，緩緩推開沉重的大門。大門往內打開，發出咿呀沉重的聲音，一股腐臭的味道傳出，望月掩住口鼻，夕陽的殘光照射進來，讓他瞧清楚裡面的情況。

裡面堆滿了雜物，看來像是伯爵府棄用的舊傢具，因為長年不曾開門，導致青苔爬滿了這些破舊的傢具，也不知道是不是年久失修、屋頂漏水，地上出現一灘又一灘的積水。

陡地，身後有東西逼近，警覺性甚高的望月立刻揚手，冥銀之蝶纏上對方的同時，對方發出熟悉的呼喊。

「望月！是我啦！」死了，他快死了！

望月一驚，斥退冥銀之蝶，瞪著白爛人。「你怎麼來了？」

「我怎麼可以讓你獨占鰲頭？我可是答應了修蕾要好好幹一場——哎喲！」

望月沒有出聲提醒白爛人看路，結果白優聿被一旁的廢置傢具絆倒，直接親吻大地。

「我的臉……要是就這樣毀容了該怎麼辦……」某種氣死人的聲音響起。

緊張的氣氛完全被白優聿破壞，望月瞪了對方一眼，大步進去。

「等等我。」身後的人急著追上來。

他不耐煩了。「你的任務是保護卡管家，不是來找我！就算有你在，你也幫不上忙！」

「我知道。」白優聿很清楚自己幫不上忙，但這不代表他能夠放任對方去面對危險。

「我怎麼可以讓你獨占功勞啊？」他口是心非地說著。

「死了可別怪我。」望月冷哼，率先走了進去。

一跨進去，裡面的腐臭味道更重。二人擰眉，好不容易才忍下反胃的衝動，白優聿已經呱呱大叫。「伯爵府的人太不衛生了！這裡是垃圾場嗎？」

「噓。」望月大手一揮，直接拍上白優聿喋喋不休的嘴巴，後者因為望月凝重的表情而靜了下來。

投射進來的餘暉褪去，太陽下山宣告著黑暗的降臨。偌大幽深的建築物變得更暗了，就連空氣也變得微冷。

四周變得寂靜，詭異的氣氛開始蔓延，似乎預告著驚慄的降臨。望月擺好架勢，身後的白優聿也是站好步子，背靠著望月嚴陣以待。

「咕嚕……」一陣怪異的聲音傳來，望月銳利的眼神立刻四處搜尋血靈的蹤影。

但是。

「不好意思。是……是我的肚子在響。」

午餐因為睡了過去沒吃、晚餐又還未下肚的白優聿怯生生舉手認錯，引得金髮少年勃然大怒，一把揪過他。

「該死！你給我認真一點好不好？」

「我很認真啊，但是肚子餓我也沒辦法——」

「你再說一遍！想死的話就再說一遍！」

「對不起！小的不敢，望月大人！」

緊張的氣氛再度瓦解，怒氣未消的望月推開無能的某人，煩躁地踏上一步。陡地，水滴濺上了他的褲子，他低首一瞧，發現自己踩在一灘水上。這下可好，鞋子和褲子都濕了，全都是白優聿的錯！

「奇怪，這裡怎麼會有積水？明明這幾天來都沒有下雨……」白優聿嘀咕著，身邊的望月陡地痛哼一聲，單膝跪倒在地。「望月，你怎麼了？」

「唔——」回答他的是望月痛呼的聲音。

他嚇了一跳，不用再問他已經發現了原因。望月踩在積水上的右腳，發出嗤嗤輕響，接觸到水面的部位開始冒出輕煙，像是被強烈的硫酸腐蝕一樣，少年的鞋子開始融化、褲管開始融化，然後腳踝、小腿的肌肉開始被腐蝕……

「望月！」他忙不迭地拉開對方，驚疑不定地看著那灘積水。

望月痛得冷汗直冒，牙關咬得格格作響。右腳的腳掌、腳踝甚至是小腿部位的肌肉被硫酸腐蝕得血肉模糊，那股像是承受萬支尖錐穿心的痛楚讓他忍不住全身顫抖。

白優聿自然也看到了對方的傷口，他連忙脫下自己的外套，小心翼翼包紮對方的傷口。

望月呻吟一聲，隨即咬牙強忍。

「我們必須撤退！」白優聿蹙眉。

「你說什麼屁話？」望月咬牙一吼。

「你這個樣子還可以戰鬥嗎？」白優聿回吼他。

難得發怒的黑髮男子讓望月一怔，對方不理他的抗議，架起他走向門口。

受傷之後氣勢減弱的望月幾乎無法反抗，被白優聿架起往外拖去。

右腿疼得他眼前發昏，望月花了好大的力氣才保持清醒，心底不斷咒罵……真窩囊，他連血靈都還沒有逮到就傷成這個樣子！

但，罵沒兩句，劇烈的痛意襲上，猶如被人硬生生撕裂的傷口痛得他忍不住蜷縮起來。

「望月，忍住，很快就出去了。」白優聿知道望月一定痛得很厲害，他得儘快把望月帶去療傷。

長腿正要跨出門檻，四周的氣壓陡降，陡然間，黑暗奪取了他們的視線，一切如凝結般的死寂……四周伸手不見五指，白優聿不敢動彈，像一隻處於戒備狀態的貓，雖然感覺不到惡靈的存在，但這種狀況隱約宣告著危機即將到來。

如果他的封印還在，他或許還可以……但是現在……

「白優聿，不想死就別亂動！」望月咬牙強忍痛楚，單腳落地，一手攀住白優聿的肩膀穩住自己的步子，口中低斥：「解印。冥銀之蝶，請給光明者指引的方向！」

一道光圈在望月腳下迸現，暫時點亮了四周，竄湧飛出的冥銀之蝶護在二人身周。望月冷汗涔涔，痛得臉色煞白。

「別逞強了你！」白優聿連忙扶穩少年，受傷的時候還強行解開封印，對身體來說是極大的負擔。

「你閉嘴……我就沒事！」望月強自忍痛，倔強地說著。

「死愛面子！疼死是自找！」

望月不再說話，小心踏出一步，冥銀之蝶伴著他的腳步緩緩往前飛去。白優聿瞪著少年，心不甘、情不願跟上。

陡地，冥銀之蝶四散飛去，望月急呼。「小心！」

一個重物從半空砸下，白優聿與望月驚險地閃過，啪的一聲巨響，大地晃動了一下，墜地的重物捲起塵土，眼前視線變得更加模糊不清。白優聿跌坐在地，望月撐坐起來，二人不約而同瞠目。

「是……是鋼琴？」半空砸下的重物竟然是一個鋼琴！

墜地的鋼琴在地面敲出一個大窟窿，凹塌的地面傳出某種怪異的聲音。極緩極細的聲音，卻又尖銳得讓人覺得不舒服，似乎有兩樣極為鋒利的東西在互相磨擦。

陡地，鋼琴被某股力量往地底拉去，尖銳的聲音變得激烈刺耳，鋼琴在轉眼間的功夫失去了蹤影。

緊接而來的是暫時的寂靜。這股詭異的寂靜帶給他們不祥的預感。

望月拖著受傷的右腳，往後一退，撞上了身後的白優聿。

誰也沒開口。他們聽著彼此逐漸粗重的呼吸聲，還有越來越刺耳的尖銳磨擦聲響。

「唧——啪！」

尖銳磨擦聲音刺耳到頂點之際，大地陡地晃了一下，某種快速滋長的東西瞬間從凹塌的地面竄出——

一棵茁壯的植物迸出地面，高約七尺、粗壯如碗口，莖部頂端有一個呈半圓形、下半部稍膨大的囊，宛然是一株巨型的豬籠草！

像是嗅到了食物的存在，豬籠草的捕蟲囊張開，一股腥臭腐爛的味道撲鼻而來。

更駭人的是……捕蟲囊的上下有兩排極為鋒利的牙齒。只需要輕輕一啃，他們的身體就會——

「冥銀之蝶！」望月一喝，本是四散飛舞的冥銀之蝶瞬間纏上豬籠草的捕蟲囊。

但是，冥銀之蝶一貼近豬籠草的捕蟲囊，翅膀沾上了捕蟲囊分泌出呈酸性的液體，頓時跌落在地，一點一滴被腐蝕乾淨，空氣中瀰漫的盡是硫酸氣息。

這情形簡直和望月右腳受傷的情形一樣！

原來地上的積水都是巨型豬籠草分泌出來的液體、剛才那架半空砸下的鋼琴也被豬籠草腐蝕得一乾二淨、可怕的尖銳摩擦聲是傳自豬籠草那兩排鋒利的牙齒……

謎團被揭開，白優聿卻沒有一絲的高興。他不知從何生出的力氣，不顧望月的意願一把抱起對方，慌亂地往反方向逃去。

四周太過黑暗，他僅靠著望月的冥銀之蝶照亮腳下的路，一個踉蹌，他踩了個空，整個人似乎從高處摔下。

「啊——」他抱緊望月往下墜去，兩人逸出驚呼，驚呼聲很快換作呻吟。「哎喲……」

二人著地，望月觸動到右腿的傷口，又是痛得齜牙咧嘴，白優聿也捂住被撞疼的腰骨，打量著四周。

「我們逃離了豬籠草的魔口？」這裡好像是一個暗室，牆縫之間透著微弱的光芒，讓白優聿依稀看得清楚。

「應該是。」一想起剛才那株可怕的豬籠草，望月也是一身冷汗。

伯爵府怎麼會有如同怪物的豬籠草？

「望月，我們還是找出口比較好。」鬧了半天，血靈的影子沒看到，反而遇上稀奇古怪的事情。

白優聿擔心這是一個陷阱。說不定伯爵府的其他人會有危險。

「廢話！我當然知道！」望月說話從來不會輕聲細語，尤其是對上他，更是習慣性用吼叫的方式。

「你是猩猩嗎？講話非要用吼的不可！」

「白痴！猩猩會講話嗎？還有，你膽敢拿我和猩猩作比較？」

「小的哪敢。猩猩遠遠不及望月大人的小心眼和記恨……」

「你這個死人白優聿——」

就在望月霹靂大掌要劈過來之際，白優聿突然悶哼一聲，咬牙捂住生疼的左邊脖子，又來了……這股磨人的痛楚。每次只要惡靈的出現，他之前封印所在的部位就會痛得猶如火燒……

慢著！難道這是——

「嘶——」像是應驗著白優聿的預感，前方颳起一股勁風，勁風的裡面挾帶著血色細針！

這是血靈的攻擊！望月倒抽一口氣，想要揮動冥銀之蝶抵擋已經來不及了！猝不及防的攻擊就是最致命的攻擊。

CH6

鎖與鑰匙

「十字聖痕，曙光女神之盾！」強大的咒言在微弱力量的號召之下，形成一道暫時性的光之盾牌。

受阻的血色細針極快將光之盾擊碎，激射過來的速度稍緩。這一稍緩，足以讓望月反應過來。

「冥銀之蝶！」

「嘶——來來去去還是這幾招？」

飛舞上前的冥銀之蝶被血色細針釘在地上，化作灰燼。望月一頭冷汗，腿上的傷口更是扯痛，但他知道自己沒有時間歇息。

因為對方是血靈，而他身邊的白優聿則……無能得完全沒辦法給他支援！下一擊，他必須用上他全身僅存的力量！

「十字聖痕，以月華之光照耀、洗滌一切罪孽！」

咒言摧動之下，一道耀眼的光芒，如同點燃暗夜的火簇，瞬間包圍了血靈。灼燙的溫度似乎比火焰更高，血靈一聲慘呼，張口激射出血色細針想要擊破對方的攻擊。

但是，攻擊的本體是月華之光，是無形之物，血色細針無法擊破無形的攻擊。

以十字聖痕為開頭的咒言屬於高級咒言，比同樣等級的咒言簡短、力量強大驚人，但同時也耗去念咒者的力量。

「望月，你很不錯嘛。」白優聿看著痛苦掙扎的血靈，吐了吐舌。

「可能……這撐不了多久……」回答他的是望月急促的喘氣聲。他一驚，望月跪跌在地喘息。

「不會吧？這是高級的咒言——」說到一半，震耳欲聾的吼叫聲響起，老舊的牆壁被震得搖晃，泥土塵埃紛紛飄落，白優聿掩著口鼻，連連咳嗽起來。

「嘶——高級咒言由你這種見習引渡人口裡念出來，根本發揮不了十足的力量！」

塵土飛揚之中，白優聿看到了血靈逼近的身影。他想逃，但是他沒有把握能夠帶著望月全身而退。

望月的腳受傷了。他本身則連防禦的能力也沒有，更遑論攻擊。

「走！白優聿！」金髮少年知道他在猶豫什麼，急著推開他。

白優聿沒有動彈半步。儘管他已經急得滿頭大汗，他依舊以半蹲的姿勢，守在望月身側。

「走！再不走就來不及……會死的！」

白優聿的身體抖了一下，望月竟然擔心他會死？

「白優聿！快走！」望月努力推著發呆的黑髮男子，對方紋風不動。

終於，望月忍不住大喊。「一個人死總勝過兩個人一起死！你還不快走？」

這句話清楚鑽入白優聿耳中，他的眼眶一熱，霎時間想起幾乎同樣的場面和對白。

——聿，至少我們兩人之間還有一個可以活下去，可以代替死去的對方活下去……

——那就足夠了。

三年前，這是臻留給他的最後幾句話。結果他代替她活了下來，卻是以無比悔恨的方式活下來……他再也不想承擔同樣的悔恨。

「混蛋！我絕對不會拋下自己的搭檔！」白優聿大聲一吼。

金髮少年愣住了，絲毫沒想到他這麼說。

「你再叫我逃，我就先揍飛你！」白優聿揪過少年大吼。

望月幾乎被對方的嗓音震聾，愕然地看著對方。「發什麼神經啊你……」

「嘶──那麼你們兩個就一起死吧。一個是低能的見習引渡人，一個是比低能更加白痴的廢柴，遇上身為四級惡靈的我只有死路一條，看在你們相親相愛的份上，我就大發慈悲讓你們死在一塊兒……」

得意洋洋的血靈大發言論，望月怔愣地看著白優聿，後者從褲袋取出一把小刀子，緊握在手心，鮮血開始淌下。

「你幹什麼？」望月一開口，就看到對方以血跡在地上畫印。

兩個十字聖痕出現，白優聿在十字聖痕的四周寫下「東南西北」四個字，然後朝望月擠出一抹虛弱的笑容。「我好歹也曾經是個執牌引渡人，別小看我。」

這一次，他絕對不會捨棄自己的搭檔。

這是……望月瞠目看著地上的聖痕圖騰，再看向笑臉下藏著認真的對方，不禁發怒。「誰小看你？我──」

「我們得一起活著回去見咱們的修蕾大人。」一說完，黑髮男子揚聲一喝，嘴裡吐出讓少年震驚的咒言。「僕以鮮血定下契約，生命線是起點，釋放萬丈光明。十字聖痕，血盟！」

「笨蛋！這是以生命力來換取的咒言！白優聿——」望月急喊，地上以血畫下的十字聖痕圖騰頓時綻放萬丈光芒。

白優聿臉色泛青，感覺一大股力量從他身體逸去。這個高級咒言，是以引渡人自身的生命力來提昇咒言的傷害力，只有在無可奈何之下才使用的咒言。

「我……呵，才不是比低能更白痴的廢柴……」

「停下來！你會死！會死的！」

「別說洩氣的話……呼呼，真的難受——唔！」

血靈傳來怒吼聲，以鮮血化成的盾讓他暫時無法跨越，他發瘋似的展開細針攻擊。白優聿蹙眉咬牙，忍受著生命力被汲取的痛苦，撐住這道以血盟築起的防禦。

如果他的封印還在，這句高級咒言的力量就不僅限於防禦，血盟的咒言甚至可以展開攻擊。但……如果他的封印還在，他需要狼狽到運用「血盟」這句咒言嗎？他鄙視這樣的自己。

「唔……」白優聿痛苦地咬緊下唇，混然不覺自己的下唇已經被咬出血絲。

「白優聿！」望月瞠目看著閉目咬唇的他。

以白優聿現在的靈力指數，這道防御維持不了多久。他，只是在拖延死亡的時間。但重點是，再這樣下去，白優聿真的會死。

「該死！快斥退咒言的束縛！白優聿！」少年扯緊黑髮男子的衣領大吼。

別咒我該死好嗎……我真的快痛死了……

白優聿沒有浪費力氣辯駁，專心地守著這道防禦，就算他知道自己無法消滅血靈，就算他知道此舉僅是拖延死亡的降臨，但他就是不願意什麼也不做、讓自己在乎的人受到傷害。

就讓他盡力，讓他傾盡三年前沒能夠傾盡的力量，哪怕是付出性命……

揪緊他衣領的手放鬆，望月看著咆哮的血靈，再望著那張寫滿痛苦的表情，白優聿的堅持帶著某種決然的悲傷，看得他無法移開視線。

以血盟立下的防禦盾牌開始迸裂，很快的，血靈就會攻過來。但是向來怕死的白優聿沒有走，對方只想傾盡全力保護自己的……搭檔。

該死！這個死呆子！望月從來沒想到平日看起來窩囊無用的白優聿竟然……

竟然為了愚蠢的「拍檔」情誼想付出自己的性命！

驀地，望月腦海響起一句話：

——白優聿的力量是一把鎖，你的血液是鎖的鑰匙。只要在有危機的時候，你這把鑰匙可以開啟他的鎖，他封印的力量就會解開。

那句話是修蕾大人在他未出發之前叮囑他的話。

啪喇——血盟立下的盾牌碎裂，白優聿痛哼著撲向前，努力擋在少年身前。

望月的眉角、唇角微微抽搐……真的要這麼做嗎？

血靈一步步靠近，舉起又長又尖、形同利爪的五指，猙獰的笑容背後藏著死亡的窒息感。

目標是擋在他身前的白優聿。

白優聿沒有逃，他緊緊地閉起眼睛，一動也不動地擋在望月身前。

——你應該知道方法的。修蕾大人的熟悉聲音再次響起。

望月咬牙，凝睇著劃下的利爪，一切如慢動作，死亡緩緩逼近——

下一秒，望月劃破了自己的掌心，直接將拳頭塞進白優聿的嘴裡。

風聲靜止了，攻擊也靜止了……

血靈的身子抖了一下，張大眼睛看著掉落在地的一隻手臂，又長又尖形同利爪的五指……是他打算用來貫穿引渡人心臟的武器。

斷在地上的是他的手！

「啊——」慘呼淒厲的痛嚎，震得牆壁再次晃動。

望月微訝間，迎上一雙異色的瞳仁。

一黑一綠，諱莫如深。「望月，你真狼狽。」

略沉的聲音，像極了白優聿平日的嗓子，但是望月知道眼前的男人不是平日的白優聿。

黑髮男子的唇瓣染上他的鮮血，微微挑眉。「親愛的，下次我建議你別把整個拳頭塞入人家嘴裡，你的那個太大，人家會難受的。」

「你再該死的亂說話！老子絕對殺了你！」望月直接揪過對方大吼。

他沒有辦法了……為了保住自己的性命，也為了保護白優聿本身，他只好以鮮血喚醒對方體內的另一個「白優聿」。

修蕾大人說過，荒廢教堂的一戰中白優聿直接承受了詛咒惡靈的「鬼之縛」，陰差陽錯之下激起被對方以潛意識封印起來的引渡人力量，但那股力量因為被封印得太久了，必須仰賴另一股力量助其衝破封印。

望月就在陰差陽錯之下，身上的鮮血轉渡到白優聿身上，成功讓對方的力量衝破封印，甦醒過來。

修蕾大人給了他一個很完美的詮釋。

——白優聿的力量是一把鎖，你的鮮血是鎖的鑰匙。只要在有危機的時候，你這把鑰匙開啟他的鎖，他封印的力量就會解開。

但，這僅是暫時性的。修蕾大人提及白優聿有一段悲傷的過去，致使對方潛意識憎恨自己的力量，等到危機解除，白優聿又會自動封印起自己的力量，變回平日的窩囊廢柴。

望月現在總算明白修蕾大人當日的一席話。

可惡！事情結束之後，他一定要用消毒水好好清洗自己的拳頭！誰知道對方會不會有瘋犬症！

望月咬牙切齒地瞪著白優聿，再默默加多一句：接下來當然是大揍這混蛋一頓出氣！

「別擔心。我會讓傷害親親望月的惡靈得到該有的懲罰。」白優聿湊前，竟然抬手輕輕摸著他的頭。

望月立刻一拳揮向對方。「去死！你卑鄙無恥下流淫賤——」

「啊咧，看起來中氣十足，小望月應該沒事。」黑髮男子一笑閃過，手輕揮，空氣中傳來嗤嗤輕響，像是某種細長的東西在急速收攏。

藉著微弱的光芒，驚訝的望月總算看清楚剛才割下血靈手臂的武器，是一條細得無法再細的絲線。韌度超強的絲線，配合著白優聿揮動的速度，形成了銳利堅韌的武器。

「嗨，血靈。」白優聿露出笑意，眼神卻是一片寒冽。「傷害親親望月的你，實在不可以原諒。」

「白優聿，收回『親親』兩個字，不然你清醒之後就死定了！」後頭傳來中氣十足的抗議聲。

「好的。親愛的望月。」擺明逗弄他。

「白優聿！你找死嗎?!」望月聽見這種惡意的戲弄只能崩潰的大聲叫。

被忽略的血靈倏地發出嘶吼，逼使吵得忘我的二人回首。

「嘶——憑你？」受傷的痛吼加上憤怒的咆哮，血靈這一次祭出最強大的攻擊。

血色細針不再是從一個方向襲來，而是從前後左右夾攻。白優聿挑眉，手指一彈，本是隱匿起來的堅韌細線從他足下的光圈迸出，在四周編織下巨型的網，擋下了所有的細針。

「雕蟲小技。」

血靈卻發出陰惻惻的笑聲。白優聿隨即發現血靈的真正目標，他忘記了血靈那隻斷臂。躺在地上的斷臂似乎感應到了主人的呼喚，猛地五指成爪撲向毫無反抗力的望月！

白優聿極快撲上，抱著望月滾去一旁，利爪在他手臂上劃過，也劃上望月的右頰，望月悶哼一聲，不是因為右頰上的爪傷，而是右腳上的潰爛傷口。

「抱歉，剛剛甦醒過來就要動真格，一下子沒習慣過來。」白優聿聳肩。

「你肯定是故意……出去之後你就死定了！」望月很痛，但是更想打人。

對方不由得露出滿足的表情。「嗯嗯，我最喜歡看望月生氣的表情！因為小望月生氣的時候特別可愛！」

「我想——」一刀砍了你！死人白優聿這是在戲弄他嗎?!

「噓，乖弟弟，先別罵哥哥，靠近一些。」望月就要破口大罵，白優聿的主動上前靠近他，聲音低低地響起：「先收回你的冥銀之蝶，接下來一切交給我就好。」

一說完，還在翩翩飛舞形成保護網的冥銀之蝶在白優聿的咒言念動之下，突然間消失了。

封印重新出現在望月的右手背，金髮少年的冥銀之蝶是被強制性遣退……望月目瞪口呆看著白優聿。

一般來說，只有封印的主人才可以把解開的封印召回，封印被其他引渡人強制性遣退必須動用到大量的靈力，眼前的白優聿卻在呼吸之間就辦到了。

金髮少年不由自主冒出一個想法，眼前的白優聿……靈力強盛到一個離譜！

「在攻擊範圍內，凡是與我有接觸的人和物，將不會遭受攻擊，此乃我設定的安全範圍。」一股柔和的氣息傳了過來，溫暖地包圍過來。望月的手被白優聿牽過後收緊。

「嘶——還玩十指緊扣？殺了你們這對變態！」

沒錯！但是只要殺白優聿這個變態就好！望月第一次贊同血靈的想法。因為現在的他也很想將白優聿大卸八段！

「解印。」一聲音在望月頭頂響起，白優聿的異色雙瞳迸出殺意。

毋需念出解印的咒言，因為他啟動封印的方法就是——以血解縛，以望月的鮮血啟動封印！左邊脖子的封印綻放耀眼光芒，望月再次把他脖子上那雙十字聖痕看得一清二楚。

……這是白優聿隱藏起來的一面。

這是修蕾大人說過的話，望月此刻隱約明白了。

眼前的黑髮男子，是性格和能力與白爛人有著天差地遠之別的另一個白優聿。這兩個性格迥異、力量懸殊的白優聿，到底哪一個才是真正的白優聿？他突然間很想瞭解白優聿的過去。為何對方會有如此不同的一面？

「小望月別亂動，一旦離開這個安全範圍，你會承受到『聖示之痕』的攻擊。」白優聿輕聲說著。

聖示之痕……那是白優聿封印的力量名稱嗎？一股壓迫性十足的力量正在迸發，竟然壓得望月呼吸一窒。

老舊的牆壁劇烈晃動之下倒塌，塵土飛揚捲起的猛風讓血靈睜不開眼睛，四周微弱的光芒陡地變得刺眼，仔細一瞧之下，血靈駭然地看著白優聿足下出現的異樣，以白優聿為中心，雙足所在之地綻放光芒，瞬間鋪蓋了整個大地。

望月注意到了腳下的異樣，光芒鋪蓋的地面宛如鏡子般明潔光亮，然後奇怪扭曲的文字在地面浮現，越來越清晰。

「咒……言？」這些都是他在課本上學過的文字，是古老的咒言……望月極快地想起上次在教堂引渡咒靈的事件。

這是白優聿解開封印的力量？

引渡人，以本身的封印力量配合著咒言的力量來引渡惡靈。基本上，咒言和封印的力量是各異的，他沒有看過引渡人封印的本身就是咒言。

驚愕間，血靈大聲吼叫：「嘶——我不會被擊敗的——」

「鎖。」

地面的「鎖」字咒言陡地粉碎，鏡子般的表面竄起許多細線，極快地纏上了血靈的身體，嵌制了血靈的行動力，所有攻擊被制止了，被「鎖」字咒言封鎖了。

血靈驚詫地看著眼前的巨變，這股龐大的力量讓他嚴重困惑……黑髮男子是剛才那個比白痴更低能的廢柴嗎？

「嘶——這不可能！」

「冷靜一點，現在我問話，你回答。」壓迫性十足的力量暫時逸去。白優聿看著血靈。

「為何你要連殺四個女僕？她們與生前的你有仇？」

「嘶——我沒有必要回答——」

「雷。」一道猛雷擊中血靈的背脊，慘呼聲中夾雜著肌肉被燒得嗤嗤作響的聲音，白優聿冷沉地開口：「說。」

「嘶——沒有！她們是食物！是那位大人賜給我的食物！」

「食物？你不是布蘭？」

「嘶——不是！我不是！是那位大人叫我這麼做的！」

「哪位大人？」望月開口追問。

「嘶——不能說！我不能說！」

「不能說，就只有將你引渡了喔……」

「嘶——你們不可以這麼做——我說！我什麼都說！」

血靈張著大眼，猙獰的樣子變得更加可怕，但是……眸底填滿的是恐懼。那位大人並沒有跟他說過這件事！

「喏……就是要挨打才會說實話，真是不乖巧的孩子。」白優聿嘖嘖有聲。

「嘶——這全是利——哇啊——」突然間，血靈發出痛苦的吼聲，下一秒全身被火焰包圍。

「嘶——不公平！這不公平！」他不要就這樣被消滅！

望月驚愣地看向白優聿。白優聿攤手，表示不是自己所為。

不到五秒，血靈化為一堆灰，也意味著所有的線索就這樣斷了。

「到底是怎麼回事？」望月愣了。

「有第三個勢力介入，極有可能就是血靈口中的背後操縱者，對方不想讓自己的身分……敗露。」白優聿身子一晃，跌坐在地。

「喂！」望月一驚。

「呼，果然還是被『他』排斥……我撐不了多久了。」白優聿壓著額際。

「被他排斥？你在說什麼？」

「白優聿排斥我……我出現的時間限制只有區區的五分鐘。」

「你……不是白優聿？」

「是，也不全算是。」白優聿攤開掌心，然後握緊成拳。「我是他的『封印』。就好像你的冥銀之蝶一樣。只不過他一直不願意讓我『出來』，我只有借助你血液中的力量才可以出現。」

「……封印？」

望月難以置信地看著對方，這個與平日的白優聿擁有完全相反人格的男人……是白優聿的封印?!

「我期待有一天，他會親口告訴你，有關他的事情。」眼前的黑髮男子微笑看著望月。

望月還想問個明白，突然間啪的一聲，地上的鏡面開始產生裂痕，所有的咒言凝聚在一起，迸發出耀眼的光芒，灼得望月眼前一痛，少年連忙閉起眼睛。

屬於白優聿的聲音在少年頭頂響起。

「我是不是很可怕也很不應該存在？」

望月回答不出來。

「呵……不需告訴我答案。只要你不要討厭這樣的我，那就行了。」

「不討厭你是很難辦到的事！」

「我說親親望月，你也太無情了吧？至少說一下好話來安撫我也好啊。不然，你就別怪我手下不留情！」

「哼，那是謊言不是好話，再說你想死的話就繼續威脅我——啊！」還想繼續吐槽的望月突然崩潰似的大叫起來。

痛得瞠目、齜牙咧嘴的少年瞪著眼前的白優聿，記恨的白某人毫無預警地緊緊按上少年腳上潰爛的傷口！

天下第一大爛人白優聿！「我掐死你！」

憤怒少年痛到極點，真的奮力掐上白優聿的脖子。他不管了！不管此人是白優聿還是被封印附身的白優聿，他決定先將對方掐死再說！

但……一股溫暖的力量侵入他的身體每個細胞，滲入他的血液。望月不禁一怔，這股力量竟然緩緩撫平了他身上的傷痛和疲乏，潰爛的傷口似乎沒那麼痛了。

「你知道嗎？他憎恨自己，憎恨到恨不得讓自己消失的地步。」黑髮男子輕聲說著，拉下望月的手臂。「再這樣下去，他會毀了自己，也會毀了我。我請求你，幫幫他……」黑髮男子的聲音越來越微弱。

「你到底說什麼？我聽不明白！」有兩個截然不同的白優聿已經夠讓他頭疼，現在這個「白優聿」還說一大堆他聽不懂的，他惱火了！

「不要緊。等到哪一天白優聿願意告訴你一切，你會明白我的意思。」黑髮男子的聲音隱約透著奢侈的冀望。

「還有，記住，我的名字是……『聖示之痕』。」

溫熱的身軀再次靠了上來，但這一次，對方只是枕靠在望月的頸窩，然後不再出聲。

「……喂？」望月聳了聳肩，黑髮男子的身軀就這樣軟倒。「白優聿！」

他扶起白優聿，陡然發現自己右腳上的嚴重潰爛傷口開始癒合，變成了一道血痕。

難道剛才對方不是故意掐他傷口，而是幫他療傷？

少年再次看著昏睡的黑髮男子，血靈被消滅，此趟任務算是完成了。但是，少年的心像是承載了無數的大石，緩緩往下沉。

CH7

望月的過去

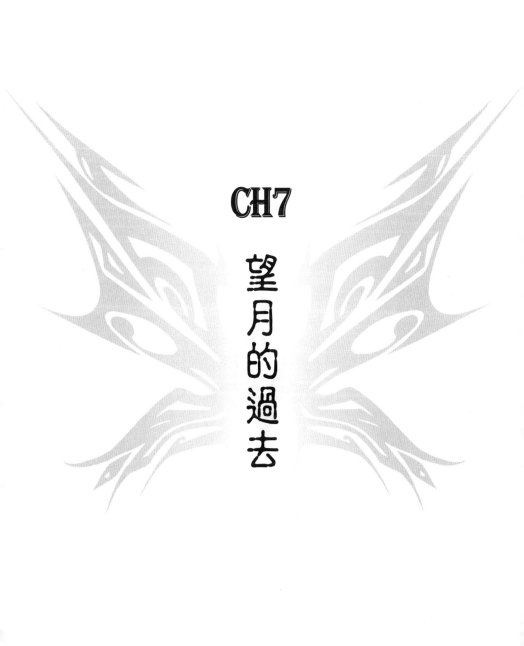

望月開始相信，某些人和他是天生犯沖的。

比如說，眼前騷得不行的白優聿，消滅了血靈之後，昏睡了一天一夜的白優聿醒來之後就變回平日的騷包白爛人。

少年壓根兒無法想像眼前這個騷包行為不檢點的傢伙，是曾經打敗四級的血靈的那個。

「麗迪小姐，妳泡茶的功夫太棒了。紅茶的味道又香又醇，我突然間很不捨呢，要是以後我喝不到如此美味的紅茶，那豈不是我一生的遺憾。」

「白先生你太誇獎了。」年輕貌美的女僕麗迪被他讚得雙頰緋紅，含羞地低聲說著：「如果你下次再來迪坎斯城……我一定會好好招待你。」

「麗迪小姐，妳太貼心了，我好感動喔！如果妳能夠給我聯絡號碼，那就更好——」

受不了的望月站起，不想再和這個大陸的萬年發情男同坐一張沙發，白優聿連忙向女僕麗迪賠個笑容，三兩步追了上去。

「望、月。」大手一勾，白優聿搭上少年纖細的肩膀，整個人黏了上去。

兩道冷冽的眸光射來，凍得白優聿笑容凝結。望月不悅地甩開他的手，悶聲不響地往前。

秉持著不屈不撓精神的白優聿當然很快追上。「望月，任務已經完成了，你怎麼還是板著臉啊？」

一提到「任務」二字，金髮少年的腳步停下，跟在身後的白優聿差點兒撞了上去。

「怎麼——」問到一半，白優聿看著望月若有所思的表情，不由得噤聲。

「你很爛，白優聿。」

一如以往，白優聿記不起解開封印後發生的事情，甚至還以為是望月引渡了血靈，瞧著望月的眼神充滿欽佩。

他變回了平日的白優聿，他笑得燦爛、笑得輕鬆，對之前發生的事情、說過的話一點印象也沒有。

偏偏這個該死的騷包男竟然比自己還行，輕易擊敗四級的血靈，認知這件事的望月，心底的鬱悶和不爽都達到了極點。死爛人！害得向來不願認輸的自己，現在有那麼丁點的覺得當年的白優聿有可能是很了不起的人物。

出現這樣的想法更讓人的怒意達到滿點！

「望月？」黑髮男子關心地湊前，望月戒備地後退。

「麻煩你和我保持三尺的距離。」話說那天讓白優聿的封印甦醒，在戰鬥歸來之後，望月躲在浴室一直洗澡並進行消毒，忙了兩個小時，害得他在清洗兼消毒之下幾乎脫皮了。

當然，白優聿也記不起當日他是如何「喚醒」封印的力量。

「為什麼？」白優聿頓時自尊心受創傷，望月幹嘛要對他擺出一副「你這隻蟑螂別靠近我」的表情？

「因為你很髒。」

這句話直接砸上黑髮男子的臉，白優聿張了張口，當場石化。

望月不加理會，雙手環抱往前走著。經過走廊時，掛在廊上的一幅油畫吸引他的注意力，讓他停下腳步在油畫前怔住。

油畫上畫的是一幕雪景，一個面容慈祥的婦人懷裡抱著一個可愛的男孩，彼此露出燦爛的笑容，這畫中的景象像極了在記憶深處裡的某個畫面。

短暫的停得留在畫前，下一秒望月隨即擰眉走開，背後卻傳來一聲哈哈，冤魂不散的白優聿又跟上來了。

「望月！」白優聿沒神經地哈哈一笑，隨即壓低嗓音。「你慘了，你一定是在想著『那些事情』。」

「哪些事情？」

「別裝了。剛才你不是盯著那幅美女圖看得流口水嗎？別想否認喔！」白優聿指著雪景圖隔壁的一幅美女圖，畫中的美女倒是畫得挺美的。

望月沒好氣地嗯了一聲，他沒心情和這個白傻子解釋。

「兄弟，我明白的。」白優聿拍著他的肩膀，隨即負著雙手遠目。「我們即將離開伯爵府，回到那個沉悶的世界。別擔心，我會挑幾個美美女僕們的聯絡號碼給你——」

「你的腦袋就盡是裝著這些汙穢的東西嗎？」望月發誓，要是眼前的人敢點頭，他立刻把對方的頭擰斷。

「這些汙穢的東西？天啊，你竟然把世界第一美妙、人生第一美好的事情說成……汙穢的東西？」白優聿鬼吼鬼叫地追上少年的腳步，極力要辯解……噢不，是糾正望月的錯誤想法。「我剛才收集了幾個美美女僕的電話號碼，遲一些我們再藉著工作之便過來這裡，然後嘻嘻……我們就可以光明正大約她們出來——」

「我沒興趣。」

「我會錯意？」白優聿摸著腦袋，很認真地看著望月。「不需要害羞。認識女孩子是平常事，梵杉學園裡頭雖然有女生，但那些女生實在不怎麼養眼，待久了會悶出病。」

「我才不是你！」

白優聿這個大陸萬年發情男！

「噢，我知道了。你怕修蕾吃醋？不用怕啦，她們的身材比不上修蕾。修蕾會明白什麼叫逢場作戲。」白優聿刻意湊前，低聲說著。

一提到修蕾，望月就被點中死穴，惱羞得一吼：「你嘴裡放乾淨一點！」

「我沒有爆粗也沒說髒話，只是順口提一提修蕾的身材不錯。」白優聿不明白少年生氣什麼。

「我不允許你評斷修蕾大人！」望月甚至揪過他的衣領。

「我有評斷嗎？我這是讚美、讚美！」莫名其妙！

「總之，不可以就是不可以！」

白優聿微訝地看著向來冷酷帥氣的望月，竟然露出難得的窘迫羞怯。

「喂，是不是你自己想歪了？」真是的，說別人猥褻，自己不是同樣猥褻到不行！

「你、你說什麼？」高八度的嗓音響起，望月憤怒地扯過他，猙獰地恐嚇。「修蕾大人是被人擺在心中尊敬的，你要是再胡亂說著她的事，我就讓冥銀之蝶肢解你！」

白優聿開始明白了。原來修蕾在這小子心裡就像是神一樣，只供膜拜，不許褻瀆。

「好，不說就不說。不過我不相信你心裡不是這麼想。」白優聿揮揮手，立刻看到望月的表情產生變化。

紅通通的耳垂、紅通通的臉頰，望月變得好可愛、好逗趣。白優聿指著對方，促狹一笑。「呵呵，被我猜中，你竟然羞得連耳垂也紅了。」

拳頭在他面前揚起，發出格格作響的威脅聲，白優聿立刻高舉雙手，很誠懇地道歉。「望月！對不起！對不起！饒命啊！」

少年瞇起眼睛，但下一秒似乎想起了某些事，悶不哼聲地轉身就走。

「望月？」白優聿一頭霧水，這樣的望月真讓他搞不清楚狀況。

長腿一跨，他追了上去，逗著對方說話。「話說回頭，你一直沒告訴我你大敗血靈的過程。」

望月停下腳步，瞧著他的眸光變得深沉難測，然後拋下一句更意味深沉的話。「你真輕鬆，什麼也記不起就不必承擔任何的責任。」

「這話……什麼意思？」聽起來活像是他生吞活剝了某人，然後賴帳走人。望月沉默不語，留給他許多想像的空間，讓他開始擔心了。「望月，我應該沒對你做出亂來的事情吧？」

白某人的小心求證換來金髮少年臉色一沉。「什麼叫做對我做出亂來的事？」

「我應該沒有才對！可是你的表情很曖昧、眼神很哀怨……」他的聲音開始越來越小。

少年冷冷瞪著他，瞪得他開始陷入困惑、焦急，一聲冷哼逸出：「你欠我。」

白優聿瞠目，少年不再說話，大步向前。

無數的迷團開始湧現，陷入困惑焦慮的白優聿咬著手指，想像力超級豐富的他看著望月的背影，眉頭越蹙越緊。
靠！那句「你欠我」到底是什麼狗屁意思啊?!

回到房間，望月的嘴角終於緩緩揚起。
該怎麼說呢？之前的鬱悶似乎減輕了，心情變得有些歡暢，尤其是想像著陷入困惑焦慮的白優聿，不斷咬著手指，來回踱步思考他丟下的三字真言——你欠我。
說起來，誰欠誰，他也分不清楚。危急關頭，是另外一個白優聿現身救下他；但要這個白優聿現身，他必須首先借出自己的血……結論白優聿果然是一個麻煩。
「呼。」輕吐一口氣，望月決定先將這些煩惱擱在一旁，準備收拾自己的行裝。
陡地，敲門聲響起。一打開門，他看到了卡管家。
「望月先生，請問你現在有空嗎？」
「有事？」
「艾特伯爵在書房，他想見一見你。」
猶豫了一下，終於點頭，跟上了卡管家的腳步。這幾天來血靈和白優聿的事情占據了自己的思緒，致使他忽略了一件重要的事情。

艾特伯爵和母親的關係……也許，他應該趁著這個機會好好解決這件事。

卡管家帶著他走進伯爵的書房，很快就退下。門一關上，原本背對著他的艾特伯爵轉身，迎上他。

「望月，我要感謝你的幫忙，讓血靈的事情告一段落。」

慈祥的眸光迎上冷冽，望月並沒有因為他的溫和而稍緩臉色。「這僅是我的職責，艾特伯爵。」

「這裡只有我們二人，你不必如此拘禮，我和你母親貴子是——」

「你應該不是找我來敘舊的吧？伯爵先生。」

他更加冷硬的語調，讓對方一怔，好半晌對方才頷首苦笑：「也對。我把你找來，除了要當面感謝你之外，還要把一樣東西交給你。」

從抽屜取出一個精緻的小木盒，雕刻上玫瑰花圖案的木盒被金色小鎖頭鎖著，艾特伯爵交過給他。「這是貴子留下的。」

望月沒有立刻接過，只是凝睇著精緻的小木盒，隨後眸光逐漸被憤怒填滿。「這是什麼意思？」

「這是貴子去世前兩個月的作品。那個時候，她的病情一直不穩定，但是她不理會醫生的勸告，努力要讓這個木盒完工，她辛苦地撐下去，病到最後連話也說不出、顫抖的手一直指向這個木盒，所以我知道把這個木盒交給你是她的遺願。」

望月寒著一張臉，聽完這些事情之後，他表現得更冷漠：「我不要。」

「為什麼？」艾特伯爵急切地說著：「這是貴子的最後心意，到最後那一刻，你母親心裡念的盡是你──」

「心裡念的盡是我？」

望月倏地冷笑，打斷對方的話：「如果她的心裡還有我，她不會把我趕走。如果她心裡還有我，這八年來她不會對我不聞不問。如果她心裡還有我，她更不會叫一個千里迢迢坐火車來看她的兒子滾回去！」

艾特伯爵的眼神變得哀傷，他看出望月冷漠面具下的痛恨，是一個兒子對母親的控訴。

「她為了當上伯爵夫人，不肯承認我這個兒子。把我拋在鄉下、讓我受盡欺凌，在我好不容易找來伯爵府的時候，得到的答案是：『我不要你』。」

他壓抑得很好，沒有讓自己的怒氣燃燒理智，說出惡毒的話。他的眸光是深沉的恨意，但經過多年來的沉澱，這份恨意背後盡是受傷的淚痕。

當年進入伯爵府工作，後來愛上艾特伯爵的望月貴子，為了能夠當上伯爵夫人，將自己的兒子拋棄。雖然後來沒能如願當上伯爵夫人，但是也在伯爵府內享盡榮華富貴。

望月唾棄這個女人。在很久以前，他就打定了主意，這輩子不會原諒她。

「我和她已經沒有任何關係。她的東西，我不稀罕。」望月不再多說，直接轉身開門。

艾特伯爵急著解釋：「望月，其實你的母親已經後悔了。我……我雖然沒什麼立場說這些話，但是她真的很想你。」

「對，你沒有立場。」望月回首，冷冷地看著他。「因為你是那個把她從我身邊搶走的人。」

門，啪的一聲甩上，艾特伯爵懊悔垂首，輕輕摸著小木盒。

只是多待一個晚上，明天一早他們就要乘搭火車回梵杉學園。望月整理著此趟任務的報告，努力讓自己忙碌，好讓自己沒時間去思索艾特伯爵的話。

「望月。」門外傳來白優聿的聲音。

白優聿？望月走過去開門，絲毫沒給對方好臉色。「有事就說，沒事就滾。」

白優聿的笑容微僵，雖然他對望月的臭脾性早已見怪不怪，但是望月的眼神好古怪。不喜歡看到自己也不是這種帶著恨意的眼神啊……算了。

白優聿姑且忽視望月的眼神，問著：「我過來是想問你一下，有沒有興趣和我一起去鎮上的酒吧喝一杯？」

剛才他悄悄問了卡管家鎮上最有名的酒吧，打算溜出去放縱一個晚上，但是想到自己之前一定是做了某些「虧欠」望月的事，所以他很好心地過來找對方一起出去，希望可以賠個罪。

「沒有。」

嘖，他就知道臭臉望月會有這個答案。

「反正任務結束了，出去輕鬆一下也是好事。」

望月沒說話，自顧自的寫報告。

「我請客，你不必擔心錢的問題。」瞧吧，他多麼照顧這個晚輩。

「要去你自己去，別吵我。」

望月端出一副「老子心情不好」的表情，識趣的人該知道再說下去就是討打。

白優聿向來自詡自己是一個非常識趣的人。所以，他悄然無聲地退下，生怕驚擾望月大人。反正他自己去更好，不必顧忌有望月在場，可以盡情地「結識」美女。

只不過，望月的表情好古怪。雖然認識這個小朋友的時間不長，但是白優聿總是覺得望月在伯爵府一直表現得不自在，就像是刻意在迴避某些事物，比如說……艾特伯爵。

才這麼想著，他突然聽到走廊的另一端傳出一聲痛呼，似乎是女人的聲音。隱覺不妥的他連忙走向聲音來源。

走廊盡頭的最後一間房，門敞開了，一個擁有棕色長髮的女僕跌坐在地，一臉痛意。

「小姐，妳沒事吧？」白優聿趕緊連忙上前協助美麗的女孩。

「嗚……我從椅子上摔下來，好像扭傷了腳。」

女僕抬首，露出一張甜美可人的面容。白優聿的雙眼頓時閃滿愛心，清咳一聲，將她從地上橫抱起，放在椅子上。

「傷在哪裡？讓我看一下。」

「這裡……」女僕臉上微紅，指著右腳踝。

白優聿立刻為她脫下鞋子，也褪下白色的襪子，果然發現右腳踝處紅腫一片，看來是真的扭傷了，他輕輕一按，頓時換來女僕的痛呼。

「對不起。」唉呀呀，可愛的女僕雙眸含淚，看得他心痛呀……心痛！

「不要緊，白先生。」女僕雙頰微紅。

「這樣吧，我送妳到大廳去，找其他人為妳擦藥。」

女僕點了點頭，撐著站起，哪知道受傷的腳踝使不上力，她唉呼一聲往前撲倒，好在白優聿伸臂過來攬住了她。

「算了，我揹妳去。」本來嘛，他是想抱人家的，可是想一想就覺得不妥，只好改為揹了。

女僕羞紅著臉，猶豫了好一下才答應。白優聿蹲下身來，她緩緩挨向他背脊，他輕易就將她揹起。

「對了。我之前怎麼沒見過妳？妳是新來的？」

「沒……沒啊。我在這裡已經工作了將近兩個月。」

「噢？」白優聿對於自己遺漏掉這麼一位美麗女孩而覺得微訝。「妳叫什麼名字？」

「莉雅。」

「嗯，好聽的名字，很適合妳。」

「謝謝，白先生的名字也很好聽，很適合你。」

白優聿一笑，突然間嗅到一股奇怪的味道。像是草香，但又夾雜著酸酸的、類似乳酪的氣息，他不由得問著。「莉雅，妳用什麼香水？這味道好奇特。」

「是嗎?」女僕格格一笑，湊前說著。「你是第一個說『奇特』的人，其他人都說難聞死了。」

「呵呵。」他其實也是有這個想法，但是他總不能對一個美女說「妳身上的香水味道難聞死了」這句話。

「老實告訴你吧，這不是香水，這是我養的寵物——裴格斯身上的味道。」

「裴格斯?是小貓還是小狗?」

「哈哈，遲些你就知道了。」

很快來到大廳，其他僕人見到白優聿揹著受傷的莉雅都是一驚，連忙過來幫忙。

「莉雅，下次要擦窗戶的時候要小心喔。」臨走前他好心提醒。

「好的，白優聿先生。」莉雅笑著點頭。

白優聿回以一笑，這才離開。

邁開步子的他驀地想起，伯爵府內只有艾特伯爵和卡管家知道他的全名，其他僕人們一概不知，那位女僕……莉雅怎麼會知道他的全名呢?他不禁陷入思忖。

「白先生。」

身後突然有人喊住了他，他回首，微訝。「艾特伯爵?」

艾特伯爵雙手捧著一個設計精緻的盒子，神情有些哀傷。

「白先生，請原諒我的冒昧。你，可以幫我一個忙嗎?」

CH8

爭執與危機

「請問望月先生在嗎？」卡管家敲著門，靜候裡面的少年回答。

等了差不多三分鐘，裡頭還是無聲無息。卡管家只好轉身就走，哪知道一轉身，門喀的一聲打開了。

「卡管家，有事？」頂著還是濕淋淋的金髮，站在門口的望月肩膀上還披著毛巾，看來是剛沐浴完畢。

「抱歉，打擾到您的休息。」

「不要緊，有事進來再說。」

卡管家連聲稱謝，緩步走進房內。望月極快拭乾頭髮上的水珠，來到露出忐忑不安表情的卡管家面前坐下。

「卡管家，你找我有什麼事嗎？」

「伯爵府上惡靈作亂一事，總算在望月先生和白先生的努力之下解決了，我在此向您至上真摯的謝意。」卡管家說著就站起，右手按向心口，深深一鞠躬。

「不必客氣，這是我們的份內事。」望月不像某個喜歡邀功的男人，只是淡淡地接受了對方的謝意。

「再怎麼說都好，您兩位都是伯爵府上的恩人。」

望月沒再說什麼，只是靜靜地等待，他看得出卡管家並不是僅僅為了道謝而來。

「雖然惡靈事件告一段落了，但是這裡的每個人心中仍存陰影，伯爵府恐怕要好一段日子才能恢復以往的平靜和安寧。」卡管家輕輕搖頭嘆息。

原來是為了這件事。

「因為惡靈作亂而產生心靈創傷，這幾乎是每一件案子結束之後留下的後遺症。」望月點頭，從身後的筆記本中取出一張名片。「引渡人總部有提供事後的服務，他們會派出專人來為府上各人進行輔導，並且會傳授一些基本的結界方式以防範惡靈再犯。」

引渡人總部除了執牌引渡人之外，還有許多和教廷中人有聯繫的輔助司。

輔助司並不如一般引渡人般處理前線工作，他們一如教廷的神父，負責安撫經歷過惡靈事件的受害者，幫助他們減輕陰影和恐懼。嚴格來說，輔助司和神父的唯一分別在於所屬的單位不同，當然還有另一項的差別。

「再不然，卡管家可以尋找教廷的幫助，教廷的神父多半願意義務為遭遇惡靈的家庭進行淨化和禱告儀式，引渡人總部的輔助司則會收費。」

說到底，教廷那幫人有大陸中央教堂作為背後的支撐和經濟來源，開銷全部由國庫負責。他們引渡人總部爭取了許久才勉強拿到些許的津貼，輔助司要是也來個義務工作就划不來了。

卡管家連連點頭，一臉感激地接過名片。但他臉上的憂色還是沒消失。

「還有其他的事？」除了任務之外的事情，望月向來不想管太多。所以他等著卡管家的回答，要是與任務無關的話，他就會下逐客令。

「其實……我也不知道該不該說出來。」卡管家掙扎了許久，最終決定說出口。「望月先生，惡靈的事情雖然結束了。但是我一直不明白為什麼惡靈會選擇在伯爵府上作亂？」

望月微挑眉，凝睇著一臉不安的卡管家。

他記得白優聿曾經向他提及，卡管家問過一個問題：惡靈會不會因為復仇而停留在一個地方？

當時他和白優聿已經打算找對方問個明白，沒想到血靈突然出現打亂他們的腳步。後來血靈被變身之後的白優聿制伏，他還未問個明白，血靈就被第三個勢力消滅……現在想起來，不由得懷疑卡管家隱藏著許多祕密。

「卡管家，你想問的真是這個問題？」此話一出，他看到卡管家明顯地一抖，不禁蹙眉。「還是你知道事情的真相？」

「噢，不不不！」卡管家連忙揮手，擠出一抹生硬的笑容。「我……我只是隨口問一問。」

鬼才相信你。望月冷眼打量難掩神色慌亂的對方。

「如果你知道——」

「我不打擾望月先生的休息了，尼克待會兒會把晚餐送過來。」卡管家幾乎是落荒而逃。

望月站在門口，卡管家已經跑得不見蹤影。

沒想到一個老人家落跑起來絲毫不比少年遜色，只是這樣一來，望月更加肯定血靈作亂背後一定另有文章。

惡靈作亂……按照白優聿之前的說法是，血靈對此地有著極深的仇恨羈絆，所以才會長駐在此地害人。

但是血靈並非他們想像中遭人害死的布蘭，也就是說，羈絆血靈的並非仇恨。如此一來，問題回歸到了原點。血靈為什麼選擇在伯爵府出現？

「喂，在想什麼？」

望月微訝地看著白優聿出現在門前，這傢伙不是去了酒吧狂歡的嗎？算了，他不想知道對方會出現的原因，反正與他無關。

「想著血靈會出現的原因。」

「還在想著那件事啊？事情都結束了，調查血靈出現原因是總部的人負責的事，我們的任務只是『制止惡靈作亂現象』。」白優聿隨手把手上的一個包裹放在桌上，毫不客氣地坐下來。

「找不出原因就代表任務還未結束。」望月白他一眼。「你別忘記，血靈並不是因為仇恨羈絆而留在這裡作亂。」

「咦？是嗎？」白優聿一臉驚愕。

望月無言，才想起來他還沒向這個爛人彙報血靈被消滅的過程。而且這位白爛人當時是被自己的封印附身，所以對於事發經過一點也不知情。

「當時血靈被制伏的時候——」

「等一下！你剛才說血靈不是因為仇恨產生羈絆而留下？」

被打斷的望月瞅著他，朝他勾了勾手指。

「請你過來一下，白先生。」

咦？望月竟然用敬語耶?!

白優聿滿心歡喜，以為少年有事要請教自己，哪知道甫來到望月面前，一記爆栗就在他頭頂敲下。

「痛！」

「下次再敢打斷我說話，我就打斷你的鼻梁。」望月冷哼一聲，看著痛得幾乎飆淚的白優聿，繼續接話：「血靈當時被制伏的時候，曾經在……嗯哼，逼供之下承認自己不是布蘭，而是受到『那位大人』的指使才會在這裡作亂。」

望月刻意略過血靈是受到另一號白優聿逼供一事，省得對方逞威風。

學乖了的白優聿嗯了一聲，反正對他來說現在最重要是血靈已經被消滅，任務已經完成了，回去之後就可以繼續混飯吃，說不定還可以贏得修蕾的芳心，所以這些細節對他來說——一點也不重要！

「可惜血靈來不及說出是受誰指使，就這樣被消滅。」望月陷入思忖，十指交握。「如果不是因為仇恨出現，那麼會是什麼原因致使他出現……」

「如果當真如你說的，血靈的出現是因為受到他人召喚。」

「嗯？」

怕挨打的白優聿連忙坐遠一些，才繼續解說：「我雖然從未遇過這樣的案子，不過以前聽某人說過，世上的確有人可以召喚出惡靈。」

至於那位「某人」說穿了就是……萬惡的總帥大人。

「召喚惡靈？」望月蹙緊眉，再次沉思。

「算了，別說這些。我有一件重要的東西交給你。」

望月不解地看著他。白優聿打開之前擱在桌上的包裹，赫然一見就是一個精緻的盒子，望月的臉色也隨即一沉。

「這是艾特伯爵要我交給——」

「你」字尚未說出口，望月已經寒著一張臉，指向門口。

「一、你帶著這個盒子離開我的視線，二、你要留下可以，把盒子還給艾特。」

「喂，人家伯爵送你禮物，你不好拒絕吧？」

望月霍地站起，眼神冷厲得嚇人。「出去。」

死望月，你發什麼神經啊？白優聿從來沒看過變臉速度比翻書還快的人，真是一個怪人。

「就算你不喜歡艾特伯爵，你至少也該親自退還別人送你的東西。」

辦事的時候，對方像一個成熟的大人，一旦離開工作，這個金髮小子就像個小孩，喜歡胡亂發脾氣。他真是倒足了八輩子的楣，才能夠當上對方的搭檔，白優聿輕嘆。

「明明就和人家不對盤，還要矢口否認，外表擺出冷靜自持的樣子，私底下只會亂砸東西發洩——」

「你該死的說什麼？」

一聲暴喝，發牢騷的白優聿被憤怒的望月揪過，猙獰的怒容嚇人，發出困獸的一吼：「你什麼都不知道！」

口水濺上臉頰，白優聿捧著小木盒愣愣看著對方，望月很生氣。但是那雙藍眸盈滿的不是憤怒，而是極深極沉的悲傷。

「出去！」一咬牙，望月再次下逐客令。

白優聿遲疑了一下，換來對方更憤怒的大吼：「還杵在這兒幹嘛？」

「你到底怎麼了？」白優聿被罵得莫名其妙！望月臭小子是更年期到了嗎？

「別以為你是搭檔就可以管我的事，我的事與你無關！」望月瞅著氣不過還想開口的他，冷冷地道：「我不會對你的事情產生興趣，同樣的，請你也別插手我的事情！」

白優聿啞口無言，生平第一次被氣得無法可說。他碰的一聲站起，一把撈過盒子，大步走出，聽著身後的房門同時啪的一聲被甩上。

「神、經、病！」

這個不可理喻的臭臉望月！跩個屁啊！但是走沒幾步，白優聿突然停下腳步回首。

這個小子……剛才的眼神充滿了悲傷，怒意是一張面具，掩飾了真正的內心。對方在難過，但是顯然的，對方不想讓任何人知道，包括自己在內。

白優聿再次凝睇手中的盒子，暗自下了一個決定，他必須先找艾特伯爵問個明白。

白優聿帶著小木盒去了一趟艾特伯爵的書房，然後……從對方口中隱約得知望月的心結、小木盒背後的意義。

白優聿趴躺在床上，凝睇床頭的小木盒，想起望月滿是怒意卻難掩悲戚的眼神。這樣的望月讓他想起當年的自己，當年年少的他是否也是如此讓臻頭疼呢？

只不過，望月比他多了一份冷酷，拒絕著所有人的靠近和關心，只想把自己禁錮在自己設下的保護區。

孤獨是漫無止境的等待，望月一定沒有意識到孤立的自己，一直在等待一個人對他伸出雙手，也許，他可以幫到望月。

白優聿翻身坐起，捧過了小木盒，裡面一定藏了某些對望月來說意義深重的東西。

「你不打開，就讓我幫你打開吧。望月的母親，請您見諒。」要那個死固執打開小木盒，恐怕等到下一個世紀都還辦不到。

端詳著小木盒，他很快發現那個小鎖頭不是一般的鎖頭，而是……

「禁之鎖？」

大陸流傳許多奧妙神祕的知識。其中一種奧妙的知識就是懂得製造「禁之鎖」的鎖匠。想不到望月的母親竟然是懂得製造「禁之鎖」的鎖匠。

所謂的「禁之鎖」沒有任何的鑰匙可以開啟，因為鎖的表面沒有任何的鑰匙洞。唯一開啟的方法就是言語，只要有人能夠說出鎖匠設下的言語密碼，禁之鎖就會開啟。言語密碼可以從簡單的兩個字到二十個字不定，可以是一句話、一個人的名字或者是由數字和字母組成的言語，因此禁之鎖是大陸上最難開啟的鎖頭。

密碼只有鎖匠和持鎖人知道。不過據他所知，望月的母親，貴子小姐得病之後就喪失了聲音，也沒有留下任何的遺書交代，所以連艾特伯爵也不知開啟禁之鎖的言語密碼是什麼。

白優聿有些沮喪，但一想到這是唯一可以解開望月心結的方法，他立即抬首挺胸。「跟你這個鎖拚了！」

小心輕放在桌子上，白優聿張了張口，深吸一口氣就喊：「望月！」

孰不知，本來就站在白優聿房門前猶豫該不該進入的望月，聽到了他的一喊，還以為自己被發現了。

但很快，望月就覺得沒可能。他和房裡的人隔著一塊門板，除非對方有透視能力，不然怎麼察覺到自己的存在？

因為剛才隨意遷怒，現下心底有些愧疚而過來的望月，覺得事有蹊蹺決定站在門口多聽一會兒。

房內的白優聿看著沒有反應的禁之鎖，眉頭輕蹙。讓他再想一想，一個母親會把什麼字眼當作是言語密碼呢？

啊！他知道了！他立即喊出聲。

「我喜歡你！」

門外的望月一怔，藍眸掠過難以置信。白優聿說：望月，我喜歡你？

在他說出傷害對方極深的話之後，他以為他會聽到諸如「你這該死的豬」、「混蛋望月」等的說話，哪知道白優聿卻說……

我喜歡你。

望月的眉角猛地抽搐，或許他該做好防範措施，免得回程途中被這個男女通吃的狼吃掉。

混然不覺外面有人的白優聿，睜大眼睛等待禁之鎖的開啟。但，等到他的眼睛發疲，小木盒還是沒開啟。

一個母親對孩子說的話應該會更有深度。他明白了！一定是這句話！

「我愛你！」

門外的望月倏然瞠目，差點兒就要暈過去。

爛人白優聿，竟然說……我愛你?!

望月不禁壓著額際，覺得自己或許應該先避一下風頭，否則很有可能貞操不保。但下一秒，他聽到了白優聿的說話傳出。

「老天啊，我要怎麼做才可以開啟這個小木盒？」混然沒察覺外面有人的白優聿，大聲說出這句話，然後重重嘆息。

禁之鎖的開啟方法有太多的可能性，白優聿可能試個十年也未必有結果。或許，他該去試探一下望月，說不定望月會知道答案？

才這麼想，白優聿就聽到自己的房門被撞開，一個瘦長的身影大步衝上，在他還來不及任何反應之際，眸光已經落在桌上的小木盒。

所有的疑惑、猜測化為冰冷，凝聚著寒意的俊顏，急速冷卻至零度以下。

「望……月？」

這下死定了。

藍色眸子變得異常冷冽銳利，銳利的眸光來自於不容許任何人對他的欺騙。

白優聿欺騙了他，這個小木盒就是證據。「我已經叫你把這個東西還回去。」

「我本來想還給艾特伯爵，但是後來我——」

望月沒有讓他再說下去。「這就是你的藉口？」

「望月，你先聽我說。」又惹上誤會了，白優聿耐著性子解釋：「聽了艾特伯爵的解說之後，我知道這個小木盒對你有多大的意義，所以我就想幫你打開它。」

「意義？幫我打開？」望月的銳利眼神有著無形的壓迫感。

那麼說來，白優聿知道了他母親和艾特伯爵的戀情，也知道了母親為了艾特伯爵而將他拋棄的事情……

驀地，一股複雜的情感湧上，有著被欺騙的憤怒，有著對自己身世難以釋懷的尷尬、也有著被識破的羞憤，他惡狠狠瞪著多事的白優聿。

白優聿一副欲言又止的表情，看得他更是火大。

「你憑什麼多管閒事？我需要你幫忙？你那麼閒的話就快去惡補自己的靈力修為，免得以後拖累其他人，再不然你倒在床上睡死我也不會有意見！我的事情輪不到你插手！這話你聽明白了沒？」

連珠炮攻擊，口水飛濺到他臉上，白優聿再次淪為承受責備的一方。明明就是想幫望月解開心結，並非對方所言的多管閒事……

「我不會感激你！更不會承認你！不管你再做什麼，我也不會感激你、不會承認你！」

望月激動吼叫。

他不需要別人的施捨！這些年沒有人關心、沒有人在乎，他同樣過得很好！

口沫橫飛的望月，露出異常憤怒的表情，似乎想將他撕咬成兩截，但是他冰藍色的眸子泛著濕潤的水霧，裡頭的枯寂正在哭泣……

「我不需要！現在你聽明白了？別以為做這些事情就可以討好我，我不稀罕——」說著，望月的大手一揮，就要將小木盒摔去一旁。

但是，一隻大手飛快攫過他的腕。白優聿攫得用力、攫得無比堅定。

「我討好你？」白優聿的臉色沉了好幾分，眸底流轉的凜冽讓望月怔了一下，他冷笑。

「你真是一個無知又不負責任的孩子。」

「你說什麼？白優聿！」無比憤怒的吼叫引來了僕人的注意，但是猛地甩上的門，隔離了所有的吵雜聲音。

「我說你無知，是個不負責任的孩、子！」白優聿特意強調最後二字。

望月被握緊的右手無法動彈，但是左手可以。一個拳頭又快又猛擊向白優聿右頰，後者吃痛地瞇眼退後，但握緊他的手仍舊不放。

一行血絲從唇角沁出，望月吃驚地看著白優聿。他太氣了，沒有想到搏擊能力屬於小孩級別的白優聿，根本就閃不過他的一擊……

「我……」他不知該道歉還是說什麼，怔了一下就迎上白優聿燃滿火焰的黑眸。

黑髮男子以手背拭去嘴角的血跡，陡地拉過他朝浴室的方向走去。

他掙扎，但是白優聿的力氣出奇的大，他被對方強逼拉入浴室，啪的一聲拉好門，來不及說話，急猛的水珠爭先恐後從扭開的蓮蓬頭噴出。

望月被淋濕了背部，他用力推開白優聿，憤怒一喝。「你幹什麼──」

咕嚕一聲，張大口罵人的他喝了不少的水，氣窘憤恨之下，他再也不管白優聿是否耐打，一拳揮中對方的肚腹。

白優聿沒有閃開，嚴格來說，他這種程度的身手哪來得及閃開呢？

肚腹瞬間麻痺，一股滾燙的疼痛隨即蔓延，白優聿不退縮，眸底反而有豁出去的怒火。為了好好教訓這個臭小子、為了點化這顆頑石，他決不退讓！

扭過蓮蓬頭，他使出全身的力氣將望月推向牆壁，任由急猛的水珠淋濕少年的頭，他緊緊掐住少年的肩膀，沒讓少年有掙扎的餘地。

「你清醒沒有？你現在給我清醒！」白優聿大聲喝斥。

但他低估望月的實力，望月雖然被他蠻牛般的力氣困住，但不代表失去反抗的能力，腳下一勾，白優聿立足不穩往後摔去。

總算望月在激怒之下依舊考慮到他可能會摔得頭破血流，所以才在他往後一仰的當兒，一把揪過他，解救他的同時將他推撞向牆壁。

這一下，情勢倒轉，優劣之勢頓時分明。白優聿的雙手被嵌制，但背脊依舊挺得筆直、眼神依舊毫無畏懼地迎上望月。

水珠不斷從二人頭頂滑落，像是被困在大雨之下，嘩然的水聲掩蓋不了二人發出呼吸聲，剛才簡單的幾招似乎耗去了彼此的全部氣力，現在誰也沒再動彈。

「不要再惹惱我，白優聿。」望月咬牙。

「嘖，也不知道是誰一直在惹怒別人。」

「你……」咬牙切齒之下，望月揪緊白某人的衣襟，彷彿下一刻就要痛扁對方。

但黑髮男子接下來的話讓少年停下動作。

「你知道嗎？你是一個很難討好的人，和以前的我很像。」這句話讓望月有些反應不過來，黑髮男子已經逕自說著：「自信滿滿、驕傲冷凜，似乎這個世上沒什麼東西可以難得倒自己。從來不覺得自己缺乏什麼，也從來不稀罕別人的關心，就算偶爾發現自己是孤獨的，但那份自覺很快就會叫自身的傲氣吞噬。」

貼切，竟然詭異的貼切。望月訝異地看著黑髮男子。

黑髮男子的眸底找不著一絲的波動，像一口平靜無瀾的古井。

「日子久了，你會覺得自己能夠比任何一個有朋友的人活得更好。然後，你開始相信了，別人的關心和在乎是多餘的，甚至把這些情感當作是別人對你的施捨，是一種鄙視。」

揪緊衣襟的手鬆了，望月下意識地想逃過黑髮男子銳利的眼神。

「但是你不知道你的內心已經空了。被一種叫做『寂寞』的怪物吞噬，它讓你感到害怕，感到惶恐。你不敢承認，因為你是驕傲的，到最後你選擇忽略，任由這份枯寂一點一滴吞噬你身為人類的情感……」

「我不想聽你說道理！」望月陡地急喊，顫抖的藍色瞳仁洩露了恐懼。他隱藏得甚好的內心，正面臨一層一層被剝開的危機。

「其實你不是不稀罕，而是你害怕承受失去的痛苦！過去是被拋棄了，但那已經是過去了，難道你不可以信任別人多一次？」白優聿一把揪過想逃避的金髮少年，低吼著。

他這個旁觀者看得辛苦，看著望月努力維持冷酷、努力佯裝不在乎，他看得比誰都清楚。因為少年受到母親的遺棄，所以退縮了，再也不敢接受別人的關愛，可是，他總覺得望月的母親沒有對方想像中的狠心，不然也不會在臨終之前遺下這個小木盒給對方。

「或許小木盒裡面有著你母親對你的虧欠、對你的愛意，我相信天下沒有母親願意拋下自己的兒子——」

「夠了！」望月再次一喝，泛紅的雙眼瞪著白優聿。「有！天下就是有這樣的母親！她欺騙我，說是為了尋找生計才進入伯爵府工作，但是到了後來她勾上艾特這混蛋，甚至為此而對找上門的我說……說……」

梗塞在心底良久、久到他以為已經麻木的刺痛感再次蔓延，望月的眼眶變得更紅，陡地笑了。

「我不要你了。沒有人會喜歡你這個孩子。這是她對我說的兩句話。」他嘴角勾起的弧度，攙和了強烈的悲傷和苦澀，化成了極其蒼涼的一笑。「你不明白，沒人明白的……」

望月低喃，垂下了頭。他花了多大的努力才讓自己撐過來，在命運安排之下他進入梵杉學園，認識了修蕾大人，他終於找到一個不哭的理由。

修蕾大人不喜歡弱者。所以他望月要成為一個不哭的強者，好讓修蕾大人對自己能另眼相看。

「不明白的人恐怕是你吧？望月。別讓自己的過去蒙蔽自己的內心！」

「該死！你胡說什麼？」這次是更加憤怒的吼聲，望月一把揪過白優聿。

「在有危險的時候，你會挺身而出擋在其他人面前。在生死攸關的時候，你會不顧自身安全誓要保護其他人。這樣的你是一個值得讓人驕傲的孩子，沒人會不喜歡。」白優聿很認真地說了。

「混蛋！別用這些話來敷衍我！」望月惱了，扯過對方大吼。

「我沒有敷衍你。」白優聿沒有被吼退，只是堅定地道：「我說的都是實話！」是以過來人的身分訴說的實話。

「如果你看不清自己在其他人心中的價值，你會連自己失去的是什麼都不知道。」就好像他……等到完全失去之後才知道後悔，白優聿不想望月也學著自己踏上這條後悔之路。

揪過白優聿衣襟的手緩緩鬆開，望月冷笑。「白優聿，別對我說教。」

「我不是說教。而是提醒你。」

「提醒？你配嗎？你以什麼資格提醒我？」望月更怒。

「以一個過來人的身分，可足夠？」

望月瞪著眼前的人，白優聿的表情一點也沒有平日的輕佻，在某種時候，他會變得沉穩成熟，就像一個年紀大的長者。

可是，這樣的白優聿只會讓望月更覺得厭惡。

「我說過，我的事情不需要你來插手！聽清楚了，白優聿！」

一說完，望月憤怒地拉開浴室的門，頭也不回地離開。

白優聿閉上了眼睛，低喃一句：「所以，你是個笨蛋。」

或許，他真的太多事了。

白優聿趴在酒吧的木桌上，打了一個酒嗝，和望月大吵一輪之後，他溜了出來，自個兒喝酒解悶。但也因為吵了一架，他連把妹的心情都沒有，逕自坐在一個角落喝悶酒。

小木盒、望月還有艾特伯爵的事情錯綜又複雜，讓他們自己處理就好了，他幹嘛要充當黑臉的去調停啊？到頭來，不就落得被人噴得滿臉屁……還有，外加被人白揍一頓。

「倒楣死了！嗝……」搖著已經空了的酒瓶，白優聿揚手就要喚來服務生，一瓶剛開瓶的酒瓶就落在他面前，窈窕的身影也在他面前入座。

他微微瞇起眼睛，打量著眼前自動自發入座的甜美女生。才瞧了這麼一眼，他打個酒嗝，驚訝地指著對方。

「……莉雅？」

嬌小玲瓏的女生有著甜美可人的面容，此刻不再以女僕裝扮示人，而是穿上了一襲白色的小洋裝，看起來更是明豔。

「真巧，我們竟然會在這裡遇上。」莉雅展現甜美笑容，極快為白優聿倒了一杯酒。

「呃！」白優聿立刻坐起，難得美女主動送上門，他心底的晦暗早就被美女的陽光笑容取代了。

「莉雅怎麼會在這裡出現？妳不是在伯爵府——」

「伯爵府工作時間只到晚上七點，現在已經九點多了，年輕人應該趁機出來結識新朋友，不然就是浪費青春，你說是嗎？」莉雅手指輕觸酒杯，露出別具深意的笑容。

「我完全贊同莉雅小姐的看法！」

對極了！年輕人不出來混一下……咳嗯，是不出來見識一下實在太浪費青春！

莉雅真是一個有見地的女生，哪像那個死愛裝清高的望月小子？

白優聿心底嘀咕著，極快拋去不愉快的回憶。

「白先生看起來好像有心事？」莉雅舉起酒杯，輕輕一碰他面前的酒杯。「雖然莉雅不知道你煩心的是什麼，但是我在這裡祝你以後事事順心。」

白優聿同樣舉起酒杯，就要湊口飲下，他卻眉頭一蹙，長嘆一聲將酒杯放下。

「我明早就要回去梵杉學園了。恐怕以後沒機會悠閑地飲酒暢談。」

他伸指在酒杯上畫著圈圈，露出一副楚楚可憐的樣子。

「嘛，如果莉雅可以給我她的電話號碼，我或許可以在痛苦的時候聯絡她，聽一聽她天使般的聲音，那麼至少會讓我黑暗的人生帶來一絲光明……妳說好不好呢?莉雅。」

莉雅噗嗤一聲笑了出來，隨即拿過紙和筆，寫下了聯絡方式和號碼，遞過給他。

「莉雅真的是天使。來，莉雅，為了我們擁有相同的看法，為了我們的友誼，乾杯！」

白優聿把妹成功，高興地舉起酒杯慶祝。

「能夠成為白先生的朋友是我的福氣，乾杯！」

乾杯之後，白優聿再為她和自己添酒。「莉雅給我的感覺真是不同，伯爵府上的女僕們沒一個比得上莉雅的氣質。」

「白先生，你這麼說，我都臉紅了。」莉雅果然羞答答地垂首。

「我是說真的。妳身上有一種特別迷人的氣質，如果硬是要我形容的話，我想……」白優聿停頓了一下，打起一個響指。「就好像飛蛾見著火光，不顧一切地飛撲上去。」

莉雅格格一笑，更顯嬌羞可人。白優聿看得心頭撲撲亂跳，視線落在她身上，再也移不開來。

「白先生，你怎麼用這種眼神看著我？」

白優聿傻氣一笑，她的笑容緊緊擒住他的呼吸，讓他不由自主地呼吸急促起來。

「我是不是很美？」

「嗯。」

「那麼你想不想和我在一起？」

「嗯。」

莉雅湊前，在他耳垂輕聲說著：「我們離開這裡，我帶你去我的地方，在那裡我們可以好好『談心』。」

白優聿的喉頭滾動了一下，口水幾乎溢出來了。他連連點頭，從褲袋掏出錢，不小心之下把梵杉學園的學生徽章掉在地上。

「我們走。」他連眼角也不瞧一下，拉過莉雅就急著走出酒吧。

出了酒吧，莉雅帶著行動機械化的白優聿直往黑暗的巷子走去，直到遠離了酒吧、遠離了人潮，莉雅才停下腳步。

「到了。你現在乖乖地等著裴格斯過來。」莉雅的表情變得冷酷，以鄙夷的眼神瞅著面無表情的白優聿。「切，引渡人，總究還不是落在我莉雅的手上嗎？」

「十字聖痕，束縛黑暗！」

莉雅一驚，從土地中迸出的光繩瞬間纏上她的雙足、雙手，她愕然地看著上一秒痴呆、下一秒精明的白優聿噙著笑意出現在她眼前。

「白優聿你！」

「打從妳喚著我全名的時候開始，我就開始對妳產生懷疑。」白優聿豎起食指的指腹，上面竟然沾了白色的粉末。「妳在酒杯沿施下『濁之蟲』的咒言，以為我會毫不知情地飲下。但是妳不知道，我的嗅覺向來很強。」

「濁之蟲」咒言會讓酒味產生些微的不同，即使再輕微的改變，都躲不過嗅覺超強的白優聿。所以在他一嗅出異樣之際，他立時假意裝可憐索取她的電話號碼，趁她不以為意的時候，手指在酒杯比劃實則是破除咒言，然後他才飲下酒並佯裝墮入圈套跟隨她出來。

要是他當場識破她的詭計，酒吧內其他的酒客可能會遭殃。

「噢？你比我想像中有趣得多了，小白。」莉雅不再驚惶，只是淡淡一笑。

「妳就是操控血靈作亂的主謀吧？」白優聿眸底閃過一絲精銳，指了指自己的鼻子。「妳身上的氣息和我們發現血靈的現場氣息有百分之九十相似。」

「啊！竟然被你發現了！你真厲害！」

莉雅只是先裝出驚訝的樣子，隨後雙手用力一掙，光繩隨即被掙斷。

她嘿的一聲冷笑。「……嘖，你以為我會這麼說嗎？要是我給了你那麼多提示你還是看不出來的話，我實在無言。」

白優聿戒備地後退一步，盯著笑得可怕的少女還有……她身後逐漸靠近的巨大黑影。

腐蝕的氣味越來越重。白優聿的額際冒出冷汗，他大概猜出裴格斯到底是什麼了。

「既然被識破了，那也沒辦法。」莉雅把玩著自己的髮絲，輕嘆一聲，眼中卻迸出嗜血的精光。「我們就再來玩一個遊戲，好不好？現身吧，裴格斯！」

黑影終於現出原形了。白優聿看著那排上下不斷磨動的牙齒，感覺自己的雙腿也發軟了。

「將小白帶回去。」莉雅冷笑。

望月呀望月，你千萬要循著我遺留下的學生徽章找來，我可不想被豬籠草吃得骨頭也不剩啊！

CH9
惡靈與真相

「白先生不見了?!」

晚上十時正，剛赴宴回來的艾特伯爵一進門就聽到這個消息，大廳內人人神色凝重，卡管家立刻上前為主人拿過風衣和帽子。

「卡管家，這是怎麼回事？」

卡管家一臉擔憂。「不久之前，望月先生感覺到白先生的氣息消失了，我們尋遍了整個伯爵府，都沒找到白先生的蹤影。」

艾特伯爵一驚。「他可能出去了吧？」

「是，露比之前看到白先生出門，聽說是前往鎮上的奈奈芬酒吧。我們已經派人過去搜尋了，到現在還是……」

卡管家搖頭，擔憂的眸光落在金髮少年身上，少年似乎被一層薄冰包圍，周圍的溫度降至零點，表情陰沉嚇人。

出事至今，望月已經用完了所有可能的方法，但還是探測不出白優聿的去向，心底的不安逐漸擴散，望月挑眉，手中緊握的黑水晶仍舊沒有任何反應。

黑水晶是用來探測活人下落的工具，是引渡人的本領之一，只要凝聚意念想著對方的樣子，黑水晶就會映現出對方所在位置的某些事物。

但直到現在，他已經很用力凝聚意念，黑水晶還是沒映現任何線索，唯一可以解釋的是，白優聿已經不存在了。所以用來探測活人下落的黑水晶沒有反應。

這個想法擰斷了他所有的冷靜自持，啪的一聲站起，不顧眾人驚愕擔憂的眸光，他大步走出大廳。

「望月！」艾特伯爵急步追上，卻被他一喝。

「站住！」望月回首，極力抑制心底的憤怒。「你和其他人都留在主屋內，天亮之前，別出來。」

「或許我可以幫上忙。」艾特伯爵也擔心白優聿的安危。

「你能夠做什麼？高貴的伯爵先生，除了出席宴會之外，你還有什麼專長？」望月現在的心底又急又慌，口不擇言地喝斥：「別讓我再添麻煩就是了！」

艾特伯爵難過地看著對方。其實他真的很想為對方做些什麼，尤其是當年自己間接讓貴子拋棄兒子，愧疚的他只是想盡力幫望月做些什麼……

望月沒有心情去理會別人，他已經不能再靜靜坐著等消息，就算不知道白優聿的下落，他都要嘗試去找。

白優聿最好別在他出現之前死去，不然他一輩子都不會原諒對方。

就在這個時候，卡管家啊了一聲。「伯爵！望月先生！出去尋找白先生的人回來了！」

望月連忙搶出門口，搜尋隊伍的隊長朝他微躬身。

「望月先生，這是我們在奈奈芬酒吧發現的，相信是屬於白先生的飾物。」

攤在對方掌心的是一枚灰色的梵杉學園徽章，這是屬於梵杉學生的徽章。這枚徽章肯定是屬於白優聿。

望月從對方手中接過徽章，全身頓時一震，握在左手的黑水晶開始不停晃動，他連忙將黑水晶舉起，透過室內燈光的折射，前方緩緩出現模糊的圖像。

但，就在圖像快要顯示出線索之際，屋外突然傳來一聲慘呼。

屋內每個人面面相覷，不約而同地出現懼色。

「救、救命啊……」一個男人狼狽奔進來，身上都是血跡，惶恐地指著外面。「惡、惡靈出……出現了！」

驚呼聲不約而同響起，大家亂成一團，望月低喝一聲。

「冷靜！全部人留在主屋，別出去！」

「望月——」

艾特伯爵想喚他卻喚不住，看著他像一枝箭般飛奔出去。

「解印。」

一出門口什麼也沒發現，望月唯有解開封印，讓冥銀之蝶指引他惡靈的方向，手中的黑水晶則因為他的專注力受阻而失去效用，這讓望月咬牙低咒。

「該死！」到底是該先救人還是循著黑水晶的線索找尋白優聿？

驀地，冥銀之蝶有了反應，再次響起的慘呼聲引證了他的想法。

望月只有瞬間的猶豫，身為引渡人的職責提醒他救人要緊，他疾步衝向冥銀之蝶指引的所在。

「啊——別過來！我求你別過來！」

遺失星光的灰暗天際下，有一個男人在淒厲喊叫，虛軟顫抖的身子正做出臨死的掙扎，奮力要往後挪移，希望能夠和眼前龐大的黑影拉開安全的距離，龐大的黑影發出如獸般的嘶吼，粗壯的大腳就要往男人衰老的身軀踩下——

「冥銀之蝶。」

隨著一聲低吟，飛舞的冥銀之蝶纏上了龐大黑影的身軀，化作點點的銀光。

龐大黑影憤怒嘶吼掙扎，但是力量太過懸殊的下場就是，冥銀之蝶瞬間將龐大身軀化為塵埃。衰老的身軀不住顫抖，直至看到黑影逸去、金髮少年出現，他才激動狂喜大呼。「望、望月先生！」

「卡管家？」望月擰眉，他不是叫艾特別讓他們離開主屋嗎？

「謝天謝地，你救了我。」卡管家扶著樹幹站起，搖晃的身子在望月的攙扶之下才沒再次摔倒。

「我陪你回去主屋。」老人家的雙手冰冷，身上還殘留惡靈的羶腥氣息。

幸好剛才出現的是一級惡靈，屬於低等級的一級惡靈傷害力不大、智慧不高，是一個較容易對付的惡靈。但對於沒有引渡人能力的凡人來說，一樣具有威脅性。

卡管家卻激動地拉著他的手。「不，我不回去！望月先生，請你一定要救艾特伯爵！」

「發生什麼事？」他一驚。

「剛才……剛才艾特伯爵突然衝出去找你，我只好追了出去。哪知道走沒幾步，伯爵他就不見了，我也遇上了剛才的怪物……」卡管家不停地顫抖，眼泛淚光，揪緊他的衣角。「我求你，望月先生，請你務必要救伯爵！」

這個不自量力的伯爵！望月咬牙。

伯爵府內莫名湧現惡靈，先是白優聿失去蹤影，接下來連艾特伯爵也不見了，他該怎麼辦才對？

「我求你！望月先生，如果你還為貴子小姐的事而生氣伯爵，我請求你饒恕伯爵，這一切都不是伯爵的錯，如果不是貴子她貪圖——」

「行了。」望月已經很心煩，不想再聽任何人提及以前的事。他一把拉起跪地的卡管家。「我送你回主屋再去找人。」

「不！」卡管家神經質地大叫，然後一臉堅決地道：「我、我是伯爵最忠心的僕人，我一定要跟隨你去找他！」

「別鬧了！」要是遇上更高等級的惡靈，他根本無法分心照顧卡管家。

「不。」這一次，卡管家的聲音放輕了，身子卻劇烈顫抖，一抬首，他迎上望月寫滿狐疑的藍眸。「因為……因為我知道真相。」

真相？望月倏地想起白優聿之前說過的話，卡管家沒有把他知道的事情全盤托出。

難道血靈的出現、神祕建築物出現吞噬一切的巨形豬籠草、血靈口中的「那位大人」還有突然湧現的惡靈……都是屬於真相的一部分？

陡然，一道靈光閃過，他登時瞠目。白優聿有可能是查出了真相，所以才會被惡靈擄走！

「你說，真相是什麼？」一想到白優聿有可能因此而出事，望月再也無法保持冷靜，粗魯地揪過衰老的卡管家喝問。

「我……」

卡管家的眸底被驚慄填滿，望月殺氣騰騰的藍眸幾乎讓他昏倒，但最終，老人家還是咬緊牙關，以顫抖的音調拼出對方要的真相。

「其實惡靈的出現……全是因為艾特伯爵。」

望月一時之間無法消化他的話，看著一臉悲苦的老人家。

老人家雙手掩臉，發出呻吟般的聲音。「其實我一早就知道這一切和伯爵有關，但是……但是我阻止不了他，我只能夠讓情況繼續惡化，直到現在……我突然間害怕伯爵會賠上自己的性命……召喚惡靈是罪惡的深淵……」

惡靈的出現是因為艾特伯爵？

也就是說，艾特伯爵一直私下召喚惡靈？私下召喚惡靈，是引渡人總部訂下的十大禁忌之首，是最嚴重的罪行……

望月瞪著痛哭流涕的卡管家，眸光逐漸變得森冷。這個時候，再追問艾特的目的是什麼已經不重要了，只要找到艾特，一切的謎團將解，白優聿也可以獲救。

「你應該知道如何找到艾特。」這個卡管家一定知道很多內幕。

卡管家接觸到對方森然的眸光，不禁顫慄起來。他猶豫著該不該讓寫滿殺意的望月知道主子的下落，但很快的，他發現這是唯一解救主子的方法。

於是，卡管家堅定地頷首。「我帶你去。」

老人家眸底深處掠過一絲古怪的光芒。

「我一定會把你帶去……罪惡的深淵。」

水珠一點一滴落下，緊閉的眼皮抽動了下，終於緩緩睜開眼睛。

白優聿恢復神智之後，第一個感覺就是……痛！

揮動一下僵硬的四肢，更劇烈的痛楚襲來，他這才發現自己的四肢被荊棘纏緊，整個人被吊起，荊棘的勾刺插入他的皮肉內，他倒抽一口氣，痛得幾乎想大聲咒罵。

不過，這股磨人的痛楚倒讓他混沌的腦袋清醒過來。打量著有些眼熟的四周，他想起了之前發生的事情……他被莉雅還有她的寵物敲暈擄走。

美少女的寵物就是當日出現在伯爵府舊舍的巨型豬籠草，白優聿深吸一口氣，突然間注意到了自己腳下有一個黑色的圖騰法陣。

黑色圖騰向來是不祥的象徵，就算他的靈力指數不高，他還是感應得到其中蘊含的強烈惡靈氣息。

「這個莉雅到底是誰……」能夠召喚惡靈、還能夠釋出凝聚惡靈氣息的黑色圖騰法陣，這個莉雅並不是普通的人類。

他越想越覺得事情不簡單。「望月應該有所察覺吧？」

「看來你一點也不擔心自己的安危。」嬌柔的聲音響起，他一怔，前方暗影之下隱約站了一個人影。

「你不是很多問題的嗎?怎麼不出聲呢?」一個嬌小的身影從黑暗之中走出。

從黑暗之中走出的竟然是一個長相甜美的少女。

少女臉上掛著甜美的笑容，綠色眸子凝睇他。

「嗨，小白。」

白優聿眉頭抽搐，這個可愛美少女看起來毫無殺傷力，但不知怎的他就是心底發毛。

「莉雅記得小白剛才還向人家要電話號碼呢。」少女蹦跳上前，雙手勾過他的脖子嬌嗲：「怎麼了?現在為什麼對著人家扮冷漠?」

生平第一次，他對於美女的投懷送抱感到毛骨悚然，少女外表親和無害，但是透著的氣息卻像最陰森的風，凍得他全身一僵。

「嗚嗚，不公平，平時小白對其他美女都不是這個表情。為什麼現在連正眼也不願意瞧向莉雅呢?」嘟起嘴，少女作勢要吻上他的唇，他立刻別過臉去，露出嫌棄的表情。

「小白，你嫌棄莉雅嗎?為什麼你不願意吻莉雅?」

「我寧願和鬼接吻也不要吻妳。」

少女眸底登時出現怒意，但很快的再次笑了。「只要你主動一些，莉雅就答應把你放下來。」

他抿緊唇，極快別過臉去，一臉傲氣。

「呵，真不是普通的傲。」少女的聲音沉了幾分，似乎無意裝作稚嫩，伸手掐過他的下顎，眸光變得森冷。「那就好好享受吧你！」

話音剛落，纏著他身軀的荊棘收到主人的命令，登時勒得更緊。

「唔——」

鮮血緩緩流下，為墨綠色的荊棘染上好幾道耀眼的血紅。白優聿咬緊牙關，目光直直地瞪視著少女。

「嘖。根據情報，你是最怕死、最沒本事的見習引渡人，你現在怎麼不開口求饒？」少女似乎對他的表現極不滿意。

她搜查回來的資料告訴她，白優聿是這一組搭檔中的弱者，所以她才會挑他來開刀，現在所見似乎不是這麼一回事……

難道真的如「那位大人」所說的，不可小看這對搭檔的威力？

白優聿沒說話，心底再極快盤算。如果望月找到他留下的學生徽章，一定能夠循著他的氣息找尋過來，他只要挨到對方出現就夠了。

「哼！我就不信你不會開口求饒！」

少女難忍被忽視的怒氣，一揚手就叫道：「裴格斯！」

大地立時晃動了一下，迸裂的地面，急速鑽出一株巨型的豬籠草，就是上次幾乎將他和望月吞下肚去的豬籠草！

他媽的變態豬籠草裴格斯——

空氣中瀰漫腐臭的氣息，他皺緊眉頭，全身不聽使喚地顫抖。

「別慌。很快的，卡管家就會帶著你念念不忘的望月過來，和你一起陪葬。」

「妳說什麼？」白優聿一驚，卡管家怎麼會帶著望月過來？

「終於有興趣了？」少女冷笑，修長的指甲在他臉上劃過，留下一道血痕。她將指尖上的鮮血舔去，露出調皮的笑容。「我偏不告訴你。」

白優聿咬牙，很快的他感應到了某股熟悉氣息的存在。他開始以眸光搜尋，視線卻被巨大的豬籠草阻擋。

「在等待的當兒，不如我們先玩一個遊戲吧？」莉雅站在巨型豬籠草面前，形成一幅詭異的畫面。她朝他一笑。「你不想吻莉雅，就讓裴格斯親吻你，ＯＫ？」

妳不如直接叫我去死算了！

「等一下！我改變主意！我願意、我願意吻妳！拜託讓我吻妳！」總好過去吻可怕的豬籠草！

「裴格斯，你陪小白玩吧，本小姐沒興趣了。」

「等一下啊！」

裴格斯張開了捕蟲囊，沿流下的腐蝕性液體將地面蝕出一個大洞，捕蟲囊內的兩排尖利牙齒似乎只要輕輕一啃，他的脖子就沒了……

白優聿掙扎要退後，但是四肢纏上的荊棘開始收緊，勾刺深深刺入，他又驚又痛，連連大呼救命。

「小白別急。這只是一個遊戲。」少女發出銀鈴般的笑聲。

「什麼狗屁遊戲？會死人的！會死人啊！」他發出窩囊的叫喊。

少女笑得更歡暢。「太好了！我就是喜歡你這種反應！」

白優聿鬼吼鬼叫的，現在的他根本無法避開，也沒辦法再等救星，乾脆攻擊算了。

「十字聖痕，光明之箭，飛揚！」管他成不成功，他豁出去了！

破空劃來三枝光芒四射的短箭，歪歪斜斜的刺上豬籠草的捕蟲囊，他正要高呼成功，卻看到腐蝕性液體極快將三枝短箭融化。

他張了張口，逸出的是無助的呻吟，激怒豬籠草的下場就是，巨大的豬籠草整個往他撲來——

「拜拜咯，小白。」少女眨眼輕笑。

翩舞的冥銀之蝶從四面八方湧了上來。

少女的笑聲頓止，冥銀之蝶纏上了荊棘，被禁錮的白優聿很快得到自由，一抹人影掠了過來，揪過墜落的白優聿。

死裡逃生的白優聿抬首，看到那張熟悉的臉龐之後，沒好氣叫罵：「你不如等到我死了才出來！」

「重要人物都是在緊要關頭才現身。」望月淡淡說著，放下他後挑眉。「倒是你，我還以為你可以套出真相，哪知道什麼也問不出來。」
「臭望月！你諷刺我就算了，竟然還在我面前耍帥扮酷?!」
「受傷了就別浪費力氣說話。」
「什麼？咳咳，也不想一想是誰遲遲不願現身救我，害得我差點兒死了！」
「嗤，沒用。」
不理會嘟囔的白優聿，望月迎上少女莉雅。「妳不打算攻擊？」
「嗯，才不要。難得看到兩個大帥哥鬥嘴，這麼有趣的畫面，莉雅不想破壞。」少女調皮地眨眼。
望月冷冷打量著她。她身上沒有惡靈的氣息，代表她不是惡靈，但是一股極為邪惡的晦暗氣息圍繞著她，她似乎不是一般的人類。
「別用充滿敵意的眼神嘛！」莉雅扮作無辜地聳肩。「既然你已經平安來到這裡，就代表卡管家的任務失敗了……唉，這下莉雅的麻煩大了。」
「卡管家果然和妳是一夥的。」望月冷笑，手一揮，冥銀之蝶帶著一個年老的男人出現。
「他偷襲的手段很高明，只可惜他終究是一個普通人類。」
少女微笑不語，白優聿驚訝地看著一臉憤恨的卡管家。「望月，到底發生了什麼事？」
「呵，我也很想知道。」望月冷哼一聲，眸光變得森冷。「伯爵府內惡靈湧現，有人私下召喚惡靈。」
白優聿瞠目，卡管家……該不會也牽涉在內吧？

「這個老傢伙告訴我，艾特是召喚惡靈的幕後操縱，還要帶著我來挽救他家主子，但是一踏進這棟建築物，他就喚出惡靈來攻擊我。」望月說著。

這棟建築物，就是上次他和白優聿遭遇巨型豬籠草攻擊、幾乎命喪血靈手下的地方。一踏進這個地方，望月就感覺到了一股極邪的氣息，提高戒備的他很快就發現卡管家對他施展攻擊。

「真正私下召喚惡靈的人就是卡管家。」望月一想到之前的事情，終於發現到許多可疑之處。

卡管家向白優聿透露血靈可能是為了復仇而出現，故意製造煙幕好讓他們模糊焦點，誤導他們偏離真相。

血靈被殲滅之前，親口承認與被殺害的四位女僕無冤仇，更透露了是奉了某位「大人」的命令行事，看來……

「血靈口中的『那位大人』想必就是你吧，卡管家。」

白優聿搖了搖頭。「錯了，那個人現在就站在你面前，喏，莉雅。」

「也就是說，卡管家是共謀？」望月瞇眼。

卡管家瞪著他們不語，少女輕笑出來。「卡管家當然沒本事召喚高級惡靈喔。沒錯，本小姐才是背後主使。」

「妳到底是誰？」白優聿越來越覺得這個少女可疑。

「我只能告訴你，莉雅是奉『那位大人』的命令前來會一會你們的。」

「會一會我們？什麼意思？」搞出許多事情來僅為了會一會他和望月？

「嘻嘻。」少女驀地平空消失，白優聿一驚，少女的手已經撫上他的臉頰。「要莉雅告訴你的話，就讓莉雅吻一個——」

話說不完，翩舞的冥銀之蝶陡地纏上少女的手腕，少女極快躍開，望月擋在白優聿身前，充滿殺意的眼神瞪視對方。

「望月吃醋了……好吧，反正以後我們還有機會見面，卡管家就交給你們。」少女輕笑一聲，縱身躍起。

「莉雅，等一下！」白優聿大聲喝止，少女的身影和巨型豬籠草逐漸隱沒入黑暗之中，他急著上前。

望月一把攔下他。現在最重要的不是追上他們，而是眼前燃滿恨意的卡管家。

「為什麼你們就是要搞砸我的計劃？」卡管家換了一個樣子，不再是慈祥的老人家。枯瘦的手指顫抖，指向眼前白優聿。「你，只要按照我安排的劇本走下去就好了，為什麼要多事地插手別人的事情，還妄想打開那個木盒？」

木盒？望月貴子留給望月的木盒……和此案有關？

憤恨的眼神瞪向望月，老人家重重呸了一聲：「你更該死，你母親是一個禍胎，你更是遺害無窮的禍害！如果當年不是你的母親，我何必安排血靈去傷害這麼多人？」

望月一怔。「你說什麼？」

「我就說個明白，好讓你們死得瞑目。」卡管家冷笑，臉上僅是陰狠之色。「當年，你母親望月貴子勾引伯爵，我多番勸阻，就是不想伯爵接受那個女人。但是伯爵還是不理我的勸告，我只好向黑暗禱告。終於黑暗之神聽到了我的禱告，代表著黑暗之神的那位大人來到了我面前。」

又是那位大人？白優聿還真想對方口中的「大人」到底是誰。

「我請求那位大人詛咒望月貴子。我要她日夜承受火燒的痛楚，有口不能言，只能終日躺在床上度日！她就是這樣渡過了八年。拖著半死不活的身子過了八年，每一天過著地獄般的生活，這是她勾引艾特伯爵的代價！」

望月臉色驟變，對方哈哈大笑：「我在她面前親口承認是我在詛咒她，又故意在伯爵面前承諾會好好照顧她。忙碌的伯爵選擇相信了我，你母親多次以書寫的方式想讓伯爵知道真相，但每次都被我發現了，我一次次撕毀她的信函，讓她有苦說不得，讓她痛苦地過活。」

望月悄然收緊拳頭。他雖然恨著狠心的母親，但是聽到母親經歷如此的痛苦，他的心忍不住揪緊。

「後來她不再書寫了，我以為她是認命了，她開始製造小木盒，我起初不以為意，後來我發現她竟然把所有的事情都記錄下來，存放於小木盒之中，我就知道這個女人不能留，那個小木盒更加不能留下！」

「我讓她在詛咒之下死去，奈何伯爵將小木盒收藏得很好，加上她竟然以禁之鎖的方式鎖上木盒，我相信這個祕密能夠繼續保守下去，就打消了毀滅小木盒的念頭，哪知道血靈的出現讓你們都來了，而且伯爵竟然把小木盒交給你們！」

對方陰狠的眸光瞪向白優聿，他連忙抱緊小木盒。

「白優聿，你不該多事。如果你順著望月的意思把小木盒歸還給伯爵，我就不會對你下手，我請求那位大人幫助我，讓莉雅將你擄走，借你引來望月，只要把你們兩個都殺了，我的祕密就不會被人發覺！」

「那麼你為什麼要召喚血靈來殺死那些女僕？」白優聿激動問著。

卡管家所做的一切讓人髮指！望月的母親也死得太冤枉了！

「因為她們都想勾引伯爵。蘇芳她們都妄想當上伯爵夫人，所以她們必須死！」只不過他沒有想到伯爵會為了此事而請來引渡人。

終於真相大白。

白優聿沒有想過世上會有這種人，他該說卡管家太過忠於主人還是太過殘忍呢？

「呵，笑話。」身側的望月倏地冒出一句。

白優聿這才注意到望月的表情。少年的眼神充滿蒼涼悲痛。

「故事說完了，現在你們就等著死亡的降臨吧！」卡管家口中念著古怪的咒言，黑暗之中湧現無數暗影。

是低級惡靈的氣息，但是為數不少。

「白優聿，找個地方躲好。」望月逼使自己收拾心情，冷聲吩咐。

「有必要嗎？別小看我，還有別想在修蕾大人面前獨領風騷。」白優聿白他一眼。

「笨蛋，死了可別怨我。」望月淡漠的眸子有著凜凜殺氣。

CH10
任務的終結

望月的力量不容小覷，尤其是在內心充滿憤怒的情況之下。

「解印。」

白優聿感覺著一股強大的力量迸發。看過望月解印多次，他從來沒感覺過如此壓迫性的力量。

四周的氣壓彷彿下降了，呼吸變得有些艱難，紛飛的冥銀之蝶揚起的旋風，吹得他難以睜開眼睛。

雖然說好別小看他，但是他這個半桶水還是最後決定站在望月身後以保安全。

「親愛的惡靈們，上吧！」卡管家陰狠下令，躲在黑暗中的暗影飛快竄出。

白優聿看著冥銀之蝶擋下了惡靈，也看到逃過冥銀之蝶攻擊範圍的惡靈竄前，更看著望月毫不留情念咒，無情摧毀一切逾越的惡靈。

一切發生得又快又狠，夾著強勢的狂風，他感受著少年心底深處的憤怒。

也許，在望月的內心深處，憤怒不是唯一的感覺。他不懂得該如何表達其餘的情緒，借由憤怒取代一切。

這個笨蛋，白優聿突然嘆息了。他突然間覺得修蕾安排他和望月成為搭檔的真正原因是……想借著他人的手，挽救太過偏執和孤獨的望月。

白優聿蹙起眉頭，第一次在槍林彈雨下認真思考起來……好吧！等到戰鬥結束之後，他這個沒什麼幫忙的夥伴將是第一個擁抱望月、給望月安慰的人。

「十字聖痕，光之花雨！」一聲喝斥，湧撲上前的低級惡靈被高級咒言消滅，餘下的盡數被冥銀之蝶殲滅。

卡管家衰老的身軀再也承受不了，跪跌在地，滿臉驚愕之餘大口喘氣。

「卡管家，私下召喚惡靈是最嚴重罪行，我會將此事據實稟報，總部會派人來接手你這件案子。」望月以見習引渡人的身分宣布。

他的任務只是負責阻止惡靈傷人的事件。現在，任務總算正式結束了吧？

「不！我不接受這樣的結局！」卡管家歇斯底里大叫，指著他們。「只要你們死了，這件事情就不會有人知道！」

「你錯了。」望月冷靜地道：「就算我們死了，你的罪行終有一日被揭穿，這就是天理。」

卡管家呆愣地看著他，那張和貴子相似的面容，是他生平最恨的臉蛋，他陡地失聲狂笑。

「天理？讓我來告訴你，我所做的一切都是天理能容的事情！貴子拋棄了你，她不要自己的親生兒子只為當上伯爵夫人，我代替上天處罰她，我有什麼不對？琳達、蘇芳她們要勾引伯爵、貪圖的是伯爵的財勢，我召喚惡靈殺了她們又有什麼不對？」

卡管家大聲叫喊，扯緊自己的衣襟，宛如一個瘋子。「我幫你除去你最恨的人！我幫伯爵除去存在的威脅！我有什麼做錯了？你說！」

最恨的人……望月斂下眼瞼，到了此刻他都不知自己是否還恨著那個可憐的女人。

「我不會放過你們！我就算死，也要你們陪葬！」

卡管家猛地一吼，抽出暗藏的刀子，用力往自己的咽喉挺去。這是他最後的一招，如果惡靈無法剷除他們，他就自身化作惡靈、親手解決他們。

「啪！」

他的手腕陡地被一股力道握緊，一抬首就迎上白優聿。

白優聿似乎早就料到卡管家有此一招，極快將對方的刀子拍落。

「白先生……」

「這僅是你想像中的天理，別再為自己的錯誤尋找藉口。」白優聿冷冷地道。

為自己的錯誤找尋脫罪的理由，求的僅是一個心安理得，但這只會越陷越深，越變越偏激，因為真正的心安理得不是找藉口，而是去面對。

「到最後，你會發現你同樣恨著這樣的自己。」他輕聲說著。

卡管家全身顫抖，瞠目結舌看著白優聿。白優聿的眸光讓他漸漸覺得自慚形穢，猛地他抱著頭，失聲痛哭。

白優聿斂眉轉身，眼神落在默然不語的望月身上。

「這次的任務總算完結了吧？」白優聿問著一臉落寞的少年。

望月依舊沉默，眼神複雜地投望另一個方向。

卡管家的認罪讓惡靈事件真相大白，眾人都震驚不已，其中大受打擊的莫過於艾特伯爵，尤其當他知道當年心愛女人之死是由卡管家一手造成。

一天之後，引渡人總部派人來接手卡管家的案子，完成任務的望月和白優聿也離開了迪坎斯城，乘搭火車回到梵杉學園。

「事情總算搞定了。」

望月整理好報告，不斷傳來的噪音讓他再也忍不住回首，瞪著累得滿頭大汗、喘得幾乎沒氣的白優聿。

「你有完沒完？」整個下午都是對方發出的噪音，煩死人了。

「望月，你也不過來幫忙一下……呼，你瞧你的房間髒得像垃圾場，我幫你打掃，你竟然嫌我吵？」

某個苦命的黑髮男子手上拿著濕布、腰間插著雞毛掃帚，身後還拉著一支拖把。

「我住的地方就是這個樣子。習慣就好。」

骯髒又不會死人的，哼。

「這是人住的地方嗎？你還說習慣就好？髒死了！」

「是你自己有潔癖吧，大叔！」

「大大大大……大叔?!」

大受刺激的白優聿指著他，氣得結巴。完成任務回來之後，白優聿還以為可以脫離苦海，不必對著這個彆扭古怪的小子，哪知道理事長修蕾大人不知對望月說了什麼，望月竟然端出無比冷酷的表情強迫他搬過來當室友！

結果，苦命的他甫進來就被門前的蜘蛛網絲纏上，四處翻滾的灰塵大如綿球，窗戶上的灰塵積了一吋厚，他連呼吸也擔心自己會被灰塵嗆死，連番的投訴之下，望月給了他一個冠冕堂皇的理由。

「我很忙，任務多得要命，哪有時間打掃？」

結果，打掃的「重要」任務就落在他這號新來的室友肩上！

「要不是你威脅我，我才不稀罕和你一起住！」

「你帶種的話就別接受我的威脅。」望月殺死人眼神又掃視過來。

「媽的，你這麼囂張是吧？小心今晚我就把你——」

「啪！」望月反應很大的站起，椅子被推倒在地。

白優聿立刻把嘴巴閉得死緊。

自從知道望月貴子的事情之後，他終於明白為何望月會把「媽」、「母親」、「阿娘」諸如此類的字詞歸類為禁忌，他要是一個不小心說錯了，準會被望月揍成豬頭。

噢！他就是不明白修蕾為何硬要安排他成為望月的室友。

「白優聿。」望月打斷他的內心戲，冷冷下著命令。「從今以後你負責一切的打掃工作，因為你得罪了我。」

白優聿指著對方，有口難言。少年毫不賣帳地坐下，繼續工作。

算了，反正他又不是第一天認識望月小子，他忍了！

認命的白某人將房內打掃得一塵不染，這才把自己的東西搬進來，整理著行李。

打開行李，白優聿微挑眉，遲疑了一下，這才捧著一個小木盒走到望月身側。「喂，你的。」

望月睨他一眼，瞄到他手上的小木盒，眸光沉了幾分。

不等對方開口，白優聿一把拉過他的手，將小木盒放在他手心。「別以為我會一輩子幫你保管。」

手心那份重量讓他的心微沉，望月沒說什麼，輕輕將小木盒收進抽屜就站起。

「喂，去哪裡？」

本來不想回答的望月迎上攔路的白某人，只好敷衍道：「去買飲料。」

不再理會白優聿的嘟囔，他大步走出宿舍，朝樓下的飲料販賣機走去。買了一罐冷飲，他信步走著，來到宿舍後面的大樹下。

從迪坎斯城回來到現在已經有兩天，但是這兩天來，他的心情未曾平復。

那個讓他深恨痛絕的女人，原來一直過著他無法想像的悲苦日子。

反觀他，被對方拋棄、流浪在外的兒子，過的日子雖然算不上幸福，但是至少他活得有尊嚴、充滿自由和使命。

她，卻生活在地獄之中，最後毀於卡管家的詛咒之下。

嘴角勾出嘲弄的弧度，他的眼神變得哀傷，一隻大手卻輕輕按上他的肩膀。

「在感嘆嗎？」白優聿的微笑映入眼簾。

「管你屁事。」望月推開黑髮男子的手。

白優聿鼓足勇氣說個明白。「望月，你還恨你的母親？」

少年抿緊唇瓣，堅持不透露半個字。

「我沒資格說什麼。但是我希望你能夠給她一個機會，也給自己一個機會，打開小木盒看一看。」

白優聿相信，裡頭會裝滿一個臨終的母親對兒子的愛憐和思念。如果錯過，望月將錯過世上最美麗動人的禮物。

「說完了，我回去睡覺。」白某人揮揮手。

望月垂首，突然開口：「喂，如果有一天你不再恨著那個讓你恨透的人，你會怎麼做？」

這八年來，沉澱在他心頭的是對母親的恨意。直到卡管家透露真相，他隱約覺得自己似乎不該再恨下去。

因為母親她根本沒有過得比他好。

「她當年只給我一句話『我不要你了』就把我趕走。由始至終，沒有給過我什麼東西。可笑的是，她留下一個小木盒給我，裡面裝的都是她受冤屈的真相。你說，她這是什麼意思？」望月的聲音變得好沉，裡頭有著壓抑的悲傷。「當她陷入危難的時候，她才會記起我這個兒子。我對她而言，只是一個用來申冤的工具。」

他已經不想再恨她了。但是每次想到這一點，他就忍不住生氣。

不，也許那些並不是生氣，而是一種他始終沒能弄懂的情緒。

停步回首的白優聿深深打量著少年，他一直以為少年還在記恨，沒想到原來少年有說不出口的痛。

的確，望月貴子把小木盒留下來的原因是希望有人能夠替她申冤。這麼聽來，望月好像真的成了申冤的工具。

「奇怪。我為什麼要和你說這些？」望月自嘲，抽身離開。

早已習慣將情感藏得極深的他，變回一貫的冷情，面無表情地越過白優聿。

大手攔下，白優聿開口：「望月。」

望月微訝地看著對方，黑髮男子聳肩，露出一個清爽的笑容。「為什麼你不可以和我說這些？我們是拍檔啊。」

「拍檔」這個名詞輕輕鑽入他耳中，換來他悄然握緊拳頭。

一股細而暖的感覺湧上，驅趕了內心的寒冷。

「誰承認你是？」但他仍舊耍酷。

「望、月！」

一聲清喝讓他止住腳步，黑髮男子倏地勾過他的肩膀。

「也許我不像你之前的搭檔們能幹。但是再遲一些，你會發現其實我這個搭檔也不錯。」

白優聿一笑。「至少我可以給受傷的拍檔一個安慰的擁抱。」

「你要是敢伸手過來，我就把你的手擰斷。」望月淡淡說著。

本來想實踐「給搭檔一個安慰擁抱」諾言的白優聿連忙縮回手，嘖……這個臭屁小弟一點也不可愛！

「沒事就回房睡覺。」望月白他一眼，轉身就走。

「等一下，在這之前我想說一些話。」白優聿喚住少年。

「雖然我也沒搞清楚自己是怎麼封印起自己的力量，不過對望月你，我深感抱歉。非常對不起。」這一次，白優聿很認真地鞠躬道歉。

「對不起個屁！」望月瞪他一眼。

「那個……免費使用你的鮮血來開啟封印，怎麼說也該道個歉吧？」白優聿摸摸鼻頭，然後訥訥地道：「還有，我想叫修蕾大人幫我準備另外一間房——」

「不行！」望月想也不想就拒絕。

「為什麼？和你住在一起，我的夜生活豈不……」某人的聲音越來越小，望月的眉角抽搐，這是發怒的前兆。

「因為修蕾大人對我說，如果你不入住我的房間，她就會讓你和她一起住。」望月冷瞪著對方，鬆著腕骨。「你以為我會讓那種事情發生嗎？」

「什、什麼？」意思就是望月寧願他渡過無數個空虛寂寞的夜，也不願意他去占修蕾大人的便宜?!

「你別忘了，我們是情敵關係。」一說到敬愛的修蕾大人，望月的藍眸泛著可怕光芒。

呵，好啊，既然對方這麼說，他也不和對方客氣下去。

「既然如此，你就別怪我沒事先通知你，我會把美眉們帶回房裡然後——咦？」

「你別怪我沒事先通知你。」望月把他的臺詞搶過，鬆著腕骨發出格喇威脅性的聲音。

「如果你膽敢亂來，膽敢搞得宿舍烏煙瘴氣，你的死期就到了。」

「明白了，望月大人。」小命要緊。絕對要緊。

白優聿弱勢的衰樣意外的逗趣，望月沒笑出來，眸底卻染上笑意，無可否認的，他鬱悶的心情有好轉的跡象。

「明白最好，現在跟我回去，我邊走邊告訴你房間的規矩。第一，不許使用髮膠噴霧還是香水之類的東西汙染室內空氣。第二，早上如廁的時間不可以超過十分鐘。第三，沒經我的同意靠近我，後果自負。第四，擅自動我的東西，你等著死。第五，你所有的保養品之類的東西不許超過五件，因為這會讓室內的空間嚴重阻塞……」

「慢著！這是什麼怪規矩啊？」

「如果你想死得很難看的話，儘管漠視我訂下的規矩。」

「……嗚嗚。」

為什麼他會成為望月這個魔鬼的搭檔兼室友啊？

尾聲　他的名字

終於，望月決定了要打開母親遺留的小木盒。

今晚，修蕾大人決定履行諾言，陪伴此趟任務表現最出色的白優聿渡過一個晚上……呃，雖然他嚴重否定修蕾大人這個說法，但他還是尊重了修蕾大人的意思。所以，今晚宿舍的房間難得清靜，他決定在這個清靜的晚上打開木盒。

禁之鎖的言語密碼，如果他沒有猜錯的話，應該就是——

「蓮司。」

格喇一聲，小木盒打開了。他果然猜對了。

禁之鎖的密碼是自己的名，他的全名是望月蓮司。

一直以來只有與自己最親密的母親喚他做「蓮司」。自從母親拋棄他之後，他只容許其他人呼喚他「望月」這個姓氏。

藍眸盯著小木盒內的事物。很快的，眸底被驚訝填滿，隨即湧起的是一層淚光。小木盒內，沒有卡管家所說的證據，裡面沒有一樣東西足以指證卡管家，一切都是卡管家猜錯了。

修長白皙的手指微顫，輕輕觸及一個水晶球體。人體的溫熱觸動了某個機關，本是一片空白的水晶球體產生了變化。

一幅美麗的圖畫呈現在眼前。是一位慈祥的母親抱著一個可愛的金髮藍眸小男孩的圖像。圖像完美的鑲入水晶球體，因為人體的溫熱而讓畫面變得清晰、栩栩如生。

這是那年冬天他和母親唯一的照片。那年冬天之後，母親就去了伯爵府工作，家傳下來的手工藝生意也宣告結束了。

母親是最好的鎖匠，也是最好的雕刻師傅。所以才能夠把如此這幅圖雕入水晶球體，形成不朽的回憶。他抿緊唇，微抖的手撿起木盒內的一張泛黃紙條。

我不會責怪任何人，因為我也是一個罪人。拋棄了眼前的一切去追求自以為是的最好，沒想到原來生命中的最好早已經在身邊。如果你看到了這張紙條，母親希望你能夠活得很好，不需要諒解母親，只要活得比母親好，那就足夠讓母親安慰。

最後寫上的是歪歪斜斜的幾個字，想必就是她臨終時氣力殆盡、還拚命書寫的最後幾個字。

對不起，蓮司。

淚，無法抑制的飆了出來，望月緊抱著小木盒，緊抿的唇早已失去平日的堅強，他像一個小孩，逸出悲慟的嚎哭。

原來他猜錯了……母親臨終那一刻想著的不是申冤，也不是報仇，而是對他的愛與悔意，為了能夠讓他看到這份悔意，母親甚至逼使自己孱弱的病體日夜操勞，只為製造這個能夠保存甚久的禁之鎖。

他沒有恨了，有的是滿滿的愧疚、懺悔和心痛。他哭得聲嘶力竭，哭到最後只剩下默默流淚的力氣，抿緊的唇瓣幾乎壓出血絲。

突然間，一把大嗓子打斷了他的悲慟情緒。

「望月！望月！你知道我剛才看到了什麼嗎？」

望月沒理會扯住頭髮喊得歇斯底里的白優聿，默默抱著小木盒。

「我的天啊！修蕾她是一個變態！你一定不相信我所看見的一切！」

修蕾是一個變態？

正在悲慟中的望月醒了醒鼻子，白死人再亂說話，他就要揍人了。

「嗚嗚！我要為自己的不幸哀悼啊！」白優聿完全沒發現望月的臉黑了。他只是逕自發洩著自己心底的不平衡。

他原本期望一個甜美約會。沒想到一趕到約會的地點，他就看到一個俊美陰柔的男人，站在約會的地點向他揚手打招呼。

基於那個男人有些面善，他也含笑打招呼，順便問了一句：先生，你哪位？

結果那個男人竟然勾過他的肩膀，露出熟悉的甜美笑容。

「我就是修蕾呀，還喜歡我今天的悉心裝扮嗎？白同學。」

那嗓音很熟悉，那笑容很熟悉，但是女版的修蕾突然變成男版的修蕾——

白優聿幾乎要仰天大叫救命！

結果，他被男版修蕾硬是拖著約會了一個晚上，到浪漫的餐廳用餐，之後去湖邊公園散步，再接下來到情人咖啡廳喝咖啡，再再接下來以男伴的身分護送修蕾回家……

本來他還買了一束玫瑰花打算送給美女修蕾，但換上美男修蕾之後，他直接把玫瑰花送給路邊的垃圾桶；本來他很想在護送美女理事長回家之後來一個 goodbye kiss，但護送美男理事長回家之後他只想立刻逃走，免得被旁人發現……

「我承諾會給表現最出色的你一個難忘的夜晚，我從不食言的喔！」

修蕾竟然還對他這麼說！

白優聿的雞皮疙瘩冒起，一副想要一頭撞豆腐的表情。

很難忘，難忘到他想抱著枕頭大哭一場！

沒想到接下來修蕾還有更厲害的整人招數。

「看在白同學這次出任務的確表現不俗的份上，我決定不再玩弄你了。」

一說完，修蕾轉個身，竟然變回之前他看慣的長腿美女理事長。

他目瞪口呆，表情呈現被人戲弄到極點之後的呆愣狀態。

「回去好好休息吧，白同學。」美女修蕾輕拍一下他的臉頰，踩著高跟鞋、扭著翹臀進去了。

「修蕾是變態！她還是一個腹黑的變態！存心變來變去、不男不女的搞到我快要精神分裂！望月，你知道那個變態理事長擁有自由轉換性別的能力嗎？你快告訴我修蕾的本體是男是女，不然我今晚會睡不著——咦？」

「你很吵，是不是想討打？」沒心情理會他的少年沉聲撂下警告。

白優聿目瞪口呆地看著臉上掛著淚痕的望月。

「望……月？」

接下來，他看到望月緊抱的小木盒，自然也看到了裡面裝著的東西還有那張紙條。霎時間，他也愣住了，好一會兒才拍著望月的肩膀。

「別難過，至少你也明白了她的心意。」

原來當一切的恨被愛覆蓋，那份感覺也可以叫人如此心酸不捨。

幸好望月還是打開了木盒，沒讓這份屬於母親的懺意和愛意埋沒於歲月中。

暫時擱下被修蕾欺騙感情一事，正自感嘆人生無常的白優聿陡地被一股力道扯過。

「咦？望、望月——」

「說！你剛才看到什麼？」

剛才哭得像個孩子的望月不見了，換來的是一個殺氣騰騰的望月。

「我就看到你——」

白優聿想說實話，立刻發現望月的冥銀之蝶不知什麼時候在他身周打轉。

「嗯？」

「就是、就是什麼都沒看見！」

「真的？」白優聿連忙點頭，媽呀，他不想被冥銀之蝶肢解啊！

「要是我聽見學園內有任何關於我的傳言，我就讓你的頭向你的臀部看齊。」

「哈、哈哈，怎麼看齊？」

「就是把你的頭擰轉一百八十度，讓你可以清楚看到自己身後的每一個部位。」

「不、不用了，我保證不會多話！」

望月瞪著他好一下，這才收回冥銀之蝶，拿著木盒和水晶球鑽進被窩裡，蒙頭背對他。死愛逞強的臭小子！

白優聿嘆了一口氣，走去另一邊坐下，默默陪伴著沉痛中的望月。

夜，開始深了，也變得涼了。

梵杉學園的理事長辦公室內，出現一個不速之客。修蕾，依舊是長腿美女的修蕾，端著剛泡好的咖啡，遞給來者。

「修蕾，心情看起來不錯喔。」

「剛剛戲弄了你的愛將白優聿，心情當然不錯。」修蕾的表情寫著「腹黑」二字，隨即臉色一正。「那人已經現身了，總帥大人。」

「認識了那麼多年，妳非要端出敬語嗎？」戴著銀色細框眼鏡的男人接過咖啡，率性地架起二郎腿。

「認識和尊敬是兩回事。」

「呵，少來這一套了。當初我要舉薦白優聿進入梵杉學園的時候，是誰指著我的鼻頭大罵：你這隻奸詐的狐狸，然後硬是拒絕收留白優聿的啊？」

「嗯哼。那又是誰端出總帥的架子硬是打壓可憐的小小理事長，並要理事長毫無條件接受白優聿，否則就讓梵杉應屆畢業生無法順利畢業……我沒記錯的話，威脅我的就是總帥大人您吧！」

「妳真的要那麼記仇嗎？老朋友！」

「你說呢？前任拍檔！」

眼鏡男和修蕾大眼瞪小眼，好半晌，彼此才爆出笑聲。修蕾坐了下來，握起拳頭，把臉枕靠在上面，俏麗臉蛋上浮起一抹笑容。

「不過呢，我現在總算明白你看重白優聿的原因了。」

「呵，知道就好。」被稱作總帥的男人喝了一口苦澀的咖啡，眉頭蹙起。「妳的愛將望月，可靠？」

「至少必須有他，白優聿的真正封印才可以釋放出來。」

「也對。以後這些事情就靠他們兩個了。」

「這樣的說法似乎有些不負責任，總帥大人。」

「我認同。」總帥笑著，但眸底透著精銳的光芒。「只希望事情不如我們想像的嚴重吧。」

修蕾頷首，她也希望這對搭檔的命運不會太過坎坷。

畢竟，這僅是一個開端。

〈伯爵的邀請　完〉

後記

最惡拍檔

每一次，寫到後記這兩個字的時候，我都有一種感覺……呼，這本稿子終於完結了。當然，這也意味著下一本稿子的開始。

後記，其實就是聯繫著開始與結束的東西吧？我想。作為這一個系列的開始，我覺得我還是在這裡說一說我對這個系列的感想吧。

首先，這是秋十的第一本輕小說，在此我很感謝出版社給我這個機會讓大家可以看到《最惡拍檔》這個系列。這個稿子從構思到初步完稿，其實只花了一個月的時間，但因為寫好之後，自己總是覺得故事的發展很奇怪，所以就擱置在一旁。

之後，自己嘗試修改，然後投稿，再然後就是退稿。

退了再修，修了再投，然後再被退……這種等待的日子大概過了一年，最後一次被退之後，我心灰意冷了，白某人和望月小子再次被我冷藏起來。

直到最近要整理電腦的文檔，白某人和望月小子被某個沒良心的作者發現了，作者想了好久，覺得還是別放棄的好，所以有了第五次的修改，修改完畢之後，我就帶著忐忑不安的心情把稿件投出去了。

等待的日子不算漫長，工作的繁忙也逐漸讓人忘了自己的等待，直到有一天打開信箱接到過稿通知，我興奮得跳了起來。

感謝你們給予我這個機會，也感謝我的編輯不厭其煩地和我討論稿子的內容和修改的建議等等，終於，白某人和望月小子可以活起來了，成為《最惡拍檔》故事裡面的兩個男主角。

故事一開始，白優聿就是一枚廢柴，因為過去的陰影而選擇封鎖自己的能力；望月則是一個被人拋棄的小孩，因為小時的陰影所以抗拒與人接觸。在理事長修蕾的安排之下，白優聿和望月成了一對史上最不合拍的拍檔，他們互相排斥，但到了緊急關頭卻必須攜手合作——因為只有望月的血液才可以解開白優聿的封印。

於是，故事就這樣發展下去。

希望這是一個能夠讓大家讀得愉快、讀得輕鬆的故事，謝謝。

秋十

最惡拍檔

後記

輕世代
FW006

聖賢神書 I
勇者的基準法度

玥映璃 著
希月 繪

見錢眼開的花花鑽石男，槓上不爽就開紅、秒人的悶燒破壞王！

天下掉下來的桃花？

看清楚沒？綁架他的明明是個大帥哥，屬性還非人類啊!!!

受過社會教育洗禮的職場流浪犬陳小剛，一向秉持著兩大原則——

絕不跟自己過不去！絕不跟拳頭比自己大的人過不去！

偏偏，老天爺似乎很喜歡跟他開玩笑……

先是遇上裁員，被炒了魷魚！接著又碰上綁架，給抓上了賊船。

相向度負1000，最不合拍的超級搭檔!!!

一場從勇者的嘆息開始，熱血沸騰的冒險遊戲——

刷怪前請小心……另一半——**千萬要先搞定!!!**

三日夕書版

輕世代
FW004

找不到兇手的連續殺人案!!

唯一的證據，是被害者驚恐的表情……

蘇雨到現場一看就知道這一連串的事件不是一般案子，尋常的搜查只能查到哪、辦到哪，滾落在屍首旁紅豔豔的蜜蘋果，彷彿像個少女的微笑，嘲笑警方徒勞的舉動。蘇雨很明白這樣下去死者的冤屈恐無見天之日，此時隊長問他要不要轉調到「編制外」的那個單位……

第十小隊，專辦「非人」案件，剛成立的時候，局裡全當笑話看，但還真接手不少懸案，但接了案也永遠沒有「破案率」可言的體制外單位，據說派去合作的偵三和偵九隊，回來後不是疑神疑鬼，就是直接送進療養院……

高寶書版集團
gobooks.com.tw

輕世代 FW015
最惡拍檔01

作　　者　秋十
繪　　者　流翼
編　　輯　張心怡
排　　版　彭立瑋
美術編輯　陸聖欣
出　　版　英屬維京群島商高寶國際有限公司台灣分公司
　　　　　Global Group Holdings, Ltd.
地　　址　台北市內湖區洲子街88號3樓
網　　址　gobooks.com.tw
電　　話　(02) 27992788
電　　郵　readers@gobooks.com.tw（讀者服務部）
　　　　　pr@gobooks.com.tw（公關諮詢部）
傳　　真　出版部　(02) 27990909　行銷部 (02) 27993088
郵政劃撥　19394552
戶　　名　英屬維京群島商高寶國際有限公司台灣分公司
發　　行　希代多媒體書版股份有限公司/Printed in Taiwan
初版日期　2012年12月

國家圖書館出版品預行編目(CIP)資料

最惡拍檔 / 秋十著. -- 初版.
-- 臺北市 : 高寶國際, 2012.12-
冊；　公分. -- (輕世代 ; FW015)

ISBN 978-986-185-792-3(第1冊 : 平裝)

857.7　　101025816

三日月